cycle long

W0204287

À plus! 1B

Carnet d'activités

Mit Audios und interaktiven Übungen online

Die **Audios** und die **Lösungen der Fais-le point-Seiten** findest du kostenfrei in der **Cornelsen Lernen App**.
Einfach die App installieren, Arbeitsheft *À plus 1B* auswählen, Seite eingeben und Audio anhören!

Du willst noch mehr Training und lieber interaktiv?
Dann kannst du online auf go.cornelsen.de weiterüben!

1. Gib den unten stehenden Zugangscode in die Box ein.
2. Hab viel Spaß mit dem Online-Angebot.

Dein Zugangscode auf
go.cornelsen.de

Die Nutzungsdauer für die Online-Übungen beträgt nach Aktivierung des Zugangscodes zwei Jahre. In dieser Zeit speichern wir deine Lernstandsdaten für dich; nach Ablauf der Nutzungsdauer werden sie gelöscht.

bq45-qg-fn67

À plus! 1B
Carnet d'activités

Im Auftrag des Verlages erarbeitet von
Dorothea Bachert, Catherine Jorißen und Catherine Mann-Grabowski

und der Redaktion Französisch
Julia Goltz (Projektleitung), Yvonne Hildebrandt, Marie-France Lavielle und Iris Velinsky;
Rechteklärungen: Nicole S. Abt und Tina Becker

Illustrationen: Laëtitia Aynié (Einleger), Hélène Badault (Lecture), Christian Badel und Laurent Lalo
Cover: Bild l.: Shutterstock.com/Vera Prokhorova; Bild r.: Shutterstock.com/Florencia Belen Marsengo;
US IV: Shutterstock.com/Santiago Castillo Chomel
Umschlaggestaltung: Rosendahl, Berlin
Layout und technische Umsetzung: graphitecture book & edition

Begleitmaterialien zu À plus! 1B

Schülerbuch als E-Book	978-3-06-122293-2
Grammatikheft	978-3-06-122305-2
Wortschatztrainer	978-3-06-122207-6
Vokabeltaschenbuch	978-3-06-122306-9
Klassenarbeitstrainer	978-3-06-122309-0
101 Grammatikübungen	978-3-06-122308-3

www.cornelsen.de

Druck: Athesiadruck GmbH, Bozen

1. Auflage, 1. Druck 2025
Carnet d'activités mit Audios online

ISBN 978-3-06-123344-0

1. Auflage, 1. Druck 2025
Lehrkräftefassung

ISBN 978-3-06-123346-4

Wegweiser

Unité 1 — Dein *Carnet d'activités* folgt genau der Reihenfolge deines Französischbuches.

🔊 Hier kannst du eine Audiodatei anhören. Du findest sie in der Cornelsen Lernen App. Sie ist kostenfrei und du findest sie in den üblichen Stores.

▸ p. 93 — Dieses Symbol verweist dich auf Texte in deinem Französischbuch, hier z. B. Seite 93.

▶ Méthodes, p. 152/13 — Auch dieser Pfeil verweist auf dein Französischbuch, hier z. B. auf die Methodenseite 152/13.

☆ Aufgaben, die mit einem leeren Stern gekennzeichnet sind, sind etwas einfacher.

★ Aufgaben mit einem ausgefüllten Stern bieten dir Herausforderungen.

Schätze deine Leistung mit Hilfe dieser Ampel nach jeder Übung selbst ein.

- 🔴 Das Lösen der Aufgabe fiel mir schwer.
- 🟡 Ich war mir nicht ganz sicher.
- 🟢 Diese Aufgabe ist mir leichtgefallen.

Fais le point

TESTE DICH!

Im Anschluss an jede *Unité* findest du Checkaufgaben, anhand derer du deinen Lernstand überprüfen kannst.

Die Lösungen stehen online (siehe Seite 1).

Du kannst die Checkaufgaben auch **interaktiv und online** machen:

Gehe dazu ins Internet (Code Seite 1). Dann klicke *Fais le point* an und löse die Aufgaben. Du kannst ein leichtes oder ein schweres Niveau wählen. Im Anschluss erfährst du automatisch deinen Lernstand.

Hattest du Schwierigkeiten? Dann klicke auf die interaktiven Förderübungen passend zu der jeweiligen *Unité* und übe noch einmal ganz gezielt.

Übrigens: Hinter dem Code auf Seite 1 findest du online außerdem **viele weitere interaktive Übungen auf zwei Niveaustufen** mit Lernstandsanzeige, vielen Audios und Lerntipps! Viel Spaß!

Tu es en forme pour la rentrée ? *facultatif*

1 a Réponds aux questions de Sami et présente-toi. | Sami stellt sich vor und hat Fragen an dich. Beantworte sie.

Du brauchst Hilfe für den Wortschatz? Schau in deinem Buch auf S. 168 nach.

1. Salut ! Je m'appelle Sami. Et toi, tu t'appelles comment ?

   Moi, je ____________________

2. J'ai 13 ans. Et toi, tu as quel âge ?

   ____

3. J'habite en France, à Marseille. Et toi, tu habites où ?

   ____

4. J'ai deux frères et une sœur. Et toi, tu as des frères et sœurs ?

   ____

5. J'ai un chien. Et toi, tu as un animal ?

   ____

6. Je parle français et arabe. Et toi ?

   ____

b Tu as des hobbys ? Réponds aux questions de Sami. | Hast du Hobbys? Beantworte Samis Fragen.

faire du sport • faire du basket • faire de la danse • faire du foot • faire de la musique • la nature • les sciences • les BD • les mangas • dessiner • regarder des séries • écouter de la musique...

1. J'aime les BD et j'adore les sciences. Et toi, qu'est-ce que tu aimes ?

   ____

2. Je déteste faire du théâtre et je n'aime pas dessiner. Et toi, qu'est-ce que tu n'aimes pas ?

   ____

2 **Complète ce dialogue par *avoir* ou *être*. | Vervollständige den Dialog mit den Formen von *avoir* oder *être*.**

sommes • suis • avez • es • ont • as (2*x*) • est • avons • a (2*x*) • sont (2*x*) • ai

Nina : Tu ________________ quel âge ?

Salma : J'________________ 14 ans.

Nina : Tu ________________ au collège Paul Valéry ?

Salma : Non, je ________________ au collège Anne Frank.

Nina : Tu ________________ des frères et sœurs ?

Salma : Oui, ma sœur ________________ 11 ans et mon frère ________________ 12 ans.

Nina : Ils ________________ aussi au collège Anne Frank ?

Salma : Ma sœur et moi, nous ________________ au collège Anne Frank, mais mon frère ________________ au collège Paul Valéry.

Nina : Vous ________________ des animaux ?

Salma : Oui, nous ________________ un chien. Et toi ?

Nina : Non, mais mes grands-parents ________________ des lapins. Ils ________________ chou.

3 **a** **Ils ont quel âge ? Écoute et coche. | Hör dir den Dialog an und kreuze die richtigen Zahlen an.**

1. **Arthur :** Bonjour ! Je m'appelle Arthur et j'ai ☐ 13 ans ☐ 14 ans ☐ 15 ans.
   Léa : Moi, je m'appelle Léa et j'ai ☐ 12 ans ☐ 13 ans ☐ 14 ans.
2. **Arthur :** J'ai une sœur. Elle a ☐ 15 ans ☐ 16 ans ☐ 17 ans.
   Et mon chat a ☐ 5 ans ☐ 15 ans ☐ 20 ans.
   Léa : Moi, mon frère a ☐ 11 ans ☐ 12 ans ☐ 13 ans et ma sœur a ☐ 8 ans ☐ 9 ans ☐ 10 ans. Et mon chien a ☐ 5 ans ☐ 6 ans ☐ 7 ans !
3. **Arthur :** J'habite ☐ 8 ☐ 10 ☐ 18 rue du Parc.
   Léa : Et moi, j'habite ☐ 13 ☐ 15 ☐ 16 rue de la Gare.

b **Et toi? | Wie alt sind deine Geschwister und Freunde? Macht euch Stichpunkte. Dann stellt euch gegenseitig die Informationen vor und macht euch Notizen. Überprüft gemeinsam, ob ihr alles richtig verstanden habt.**

____

____

4 **Complète le dialogue.** | **Yasmine zeigt ihrer Freundin Fotos von ihrer Familie. Ergänze die Sätze mit *mon, ma, mes / ton, ta, tes / son, sa, ses*.**

Yasmine : Regarde, là, c'est **mon**______ père et là, c'est __________ mère.

Et là, ce sont __________ frères et sœurs.

Leïla : __________ frères et sœurs sont sympa ?

Yasmine : Oui, ils sont très sympa !

Leïla : La fille, là, c'est la copine de __________ frère ?

Yasmine : Oui, c'est __________ copine, elle est très sympa aussi.

Leïla : Et le garçon à côté de __________ sœur, c'est __________ copain ?

Yasmine : Oui, c'est __________ copain, et là, c'est __________ arrière-grand-mère. Elle a deux chiens. Voilà __________ chiens. Ils sont super chou !

5 **a** **Qu'est-ce que tu fais avec ta famille ?** | **Ergänze die Sätze mit den Formen der Verben auf *-er*.**

adorer • aimer (2x) • écouter • habiter (2x) • jouer (3x) • parler (2x) • regarder • rigoler • travailler (2x)

1. J'____________________ souvent de la musique avec mon frère, par exemple Soha ou Gims. Ensemble avec mon père, on ____________________ des séries et on ____________________ bien. Et toi ?
2. Ma mère, ma grand-mère et moi, nous ____________________ le sport et nous ____________________ au foot ensemble. Avec le copain de ma grand-mère, je ____________________ à Minecraft. Il est fan comme moi ! Nous ____________________ de tout et de rien. C'est sympa. Et dans ta famille ?
3. Pendant la semaine, mes parents ____________________ beaucoup. Mais le week-end, nous ____________________ ensemble. Et toi ?
4. Mes amis ____________________ loin, c'est dommage. Alors on chatte sur Internet... Et toi ?
5. Moi, mon amie ____________________ à côté. On ____________________ ensemble pour le collège et on ____________________ de tout et de rien. En plus, j'____________________ les jeux vidéo. Mais ma sœur non. Elle ____________________ le rap et le hip hop.

b **Et toi, qu'est-ce que tu fais avec ta famille et/ou tes amis ? Raconte.**

6 **Complète d'abord le texte, puis coche les bons dessins. | Was gibt es in Milas Viertel? Lies den Text und ergänze die richtigen Begleiter. Dann kreuze die richtigen Bilder an.**

Mila: J'habite à Paris. Dans ________ quartier, il y a ________ collège, c'est ________ collège « Marie Curie ». Il y a aussi ________ cinéma. C'est ________ cinéma « Gaumont ». Près ________ ! cinéma, il y a ________ supermarché et ________ piscine, c'est cool ! À droite de ________ piscine, il y a ________ parc, c'est super !

1  ☐
2  ☐
3  ☐

4  ☐
5  ☐
6  ☐
7  ☐
8  ☐

7 **Écoute et coche le bon dessin. | Mila stellt ihr Zimmer vor. Hör dir die Beschreibung an und kreuze das richtige Bild an.**

A  ☐

B  ☐

8 **Complète le texte sur la chambre de Mehdi. | Verwende *le, la, l', les* oder *un, une, des*.**

Dans ________ chambre de Mehdi, il y a ________ lit, ________ armoire et ________ bureau. Sur ________ bureau, il y a ________ livres. Ce sont ________ livres du collège. Dans ________ armoire, il y a ________ guitare et ________ mangas. Sous ________ lit, il y a ________ coin. Et dans ________ coin, il y a ________ tablette, ________ cahiers et ________ livres et ________ stylos.

9 **Présente ta chambre. | Stelle dein Zimmer vor. Schreibe in dein Heft.**

Module 3 : Il est quelle heure ?

☆ **1** Relie les phrases aux horloges. | Notiere die richtigen Buchstaben (A–F). ▶ Liste des mots, p. 193

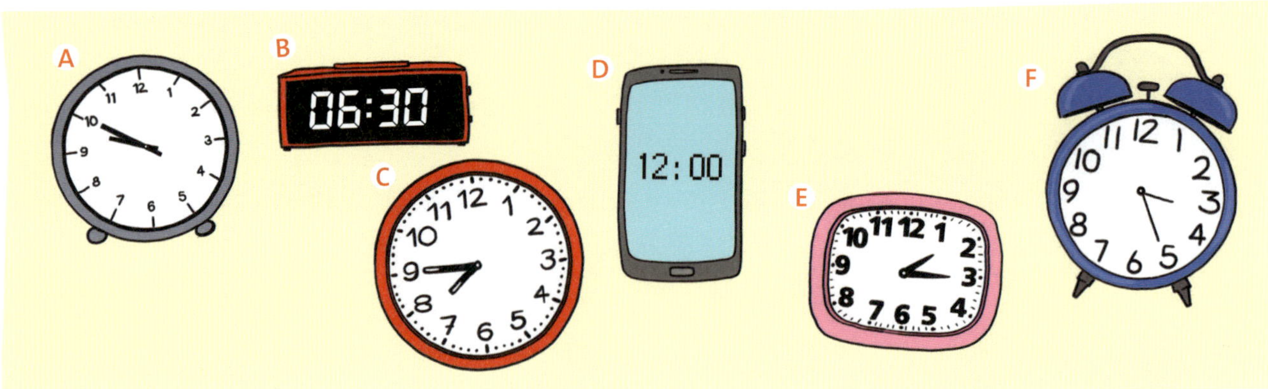

☐ 1 Il est midi.
☐ 2 Il est dix heures moins dix.
☐ 3 Il est trois heures vingt-cinq.
☐ 4 Il est une heure et quart.
☐ 5 Il est six heures et demie.
☐ 6 Il est huit heures moins le quart.

🔊 ★ **2** Voilà une journée[1] de Noé. Écoute et complète. | Hör zu und vervollständige die Uhrzeitangaben.
▶ Liste des mots, p. 193

1 la journée der Tagesablauf

1

07 : ___

2

___ : 15

3

14 : ___

4

___ : 30

5

___ : 10

6

___ : 20

☆ **3** a Complète les phrases par *le* ou *et* si nécessaire. | Ergänze die Sätze mit *le* oder *et*, wenn nötig.

1. **16 : 45** Il est cinq heures moins _____ quart.
2. **21 : 30** Il est neuf heures _____ demie.
3. **15 : 35** Il est quatre heures moins _____ vingt-cinq.
4. **07 : 20** Il est sept heures _____ vingt.
5. **11 : 50** Il est midi moins _____ dix.
6. **10 : 15** Il est dix heures _____ quart.

★ b Écris l'heure qu'il est. | Schreibe auf, wie spät es ist.

1. ______________________________
03 : 30

2. ______________________________
05 : 45

3. ______________________________
12 : 00

4 a **Tu joues. Écoute et entoure les dix nombres. | Du spielst Bingo und hörst zehn Zahlen. Finde sie im Zahlengitter und kreise sie ein.** ▶ Les nombres, p. 162

12	60	59	28	33	34	17
15	5	22	30	29	25	8
46	50	55	35	44	9	43

b **Écoute les nombres encore une fois et répète-les. | Hör die Zahlen noch einmal an und sprich sie nach.**

5 a **Voilà un peu de maths. | Löse die folgenden Aufgaben und schreibe die gesuchten Zahlen aus.**
▶ Les nombres, p. 162

1. vingt-trois fois deux égale ______________________.
2. cinquante divisé par cinq égale ______________________.
3. quatre plus sept égale ______________________.
4. quarante-huit moins quatorze égale ______________________.
5. six fois sept égale ______________________.

Hier ein paar Rechenzeichen auf Französisch:

+ → plus [plys]
– → moins [mwɛ̃]
× → fois [fwa]
: → divisé par [divize paʀ]
= → égale [egal]

b **Écoute les solutions et corrige tes résultats de a si nécessaire. | Hör dir die Lösungen an und korrigiere deine Ergebnisse, falls nötig.**

c **Écris le numéro des pages de ton carnet jusqu'à 60 en toutes lettres. | Schreibe die Seitenzahlen deines Arbeitsheftes bis 60 aus.** ▶ Les nombres, p. 162

6 **Écoute et note le bon numéro. | Hör dir die Durchsagen an und ordne zu. Schreibe die richtige Nummer auf.**

Il est deux heures moins le quart. ☐

Il est six heures moins cinq. ☐

Il est quatre heures et demie. ☐

Il est midi. ☐

Il est huit heures et quart. ☐

7 **Tu es en France. Qu'est-ce qu'on dit ? | Was sagt man? Schreibe die richtigen Sätze auf.**

1. Wie fragst du einen Herrn, wie spät es ist?

____

____

2. Wie fragst du deinen Austauschpartner, um wieviel Uhr er Kampfsport hat?

____

____

3. Wie sagst du, dass du zu spät bist?

____

____

4. Wie sagst du, dass etwas klar geht?

____

____

____

Unité 4

Vocabulaire : L'emploi du temps

1 Complète. | Ergänze Jeannes Hefte mit den Bezeichnungen der Schulfächer.

2 a Erstelle eine Liste deiner Schulfächer auf Französisch. Als Stütze kannst du in deinem Buch *Vocabulaire thématique* auf Seite 194 nachschauen. Schlage die fehlenden Wörter in einem Online-Wörterbuch nach.

____

____

____

▸ p. 88/1

b Écris ton emploi du temps en français. | Schreibe deinen Stundenplan auf Französisch.

> Hast du Fächer, die sich nicht übersetzen lassen? Umschreibe sie! Z. B.: „Darstellendes Spiel", „c'est comme le théâtre".

3 a **Relie.** | **Sechs französische Wochentage wurden nach Planeten und dem Mond genannt. Welcher Tag bezieht sich auf welchen Planeten? Verbinde.**

lundi mardi mercredi jeudi vendredi samedi

b **Note les sept jours de la semaine dans l'ordre.** | **Schreibe die sieben Wochentage in der richtigen Reihenfolge auf.**

______	______	______	______	______	______	______
5 Juin	6 Juin	7 Juin	8 Juin	9 Juin	10 Juin	11 Juin

4 a ***Lundi*** **ou** ***le lundi*** **? Entoure la bonne forme.** | **Umkreise die richtige Form.**

Wenn ein Ereignis wiederkehrt, ist der Artikel nicht verkehrt!

b **Écoute et vérifie tes résultats de a.**

4 Volet 1

Lire et comprendre

▸ p. 90

1 **Vrai ou faux ? Coche. | Kreuze an, ob die Aussagen zum Text S. 90 richtig oder falsch sind.**

	vrai	faux
1. Le CPE a un problème : il ne rigole pas.	☐	☐
2. L'endroit préféré du CPE est à l'entrée du collège.	☐	☐
3. L'endroit préféré de la principale, c'est son bureau.	☐	☐
4. La principale n'a pas de point faible.	☐	☐
5. Les élèves aiment le documentaliste.	☐	☐
6. Au CDI, il y a des livres et des BD.	☐	☐
7. La surveillante fait les emplois du temps.	☐	☐
8. La surveillante aime parler et elle est partout.	☐	☐

Vocabulaire et expression

2 **Entoure les 15 mots cachés dans la grille et écris-les dans le tableau. | Kreise die 15 waagerecht, senkrecht, vorwärts und rückwärts versteckten Wörter ein und schreibe sie in die Tabelle.**

Die übrigen acht Buchstaben in der richtigen Reihenfolge ergeben das LÖSUNGswort.

D	O	C	U	M	E	N	T	A	L	I	S	T	E
T	N	A	L	L	I	E	V	R	U	S	I	E	N
U	S	N	M	U	S	I	Q	U	E	A	A	C	T
L	A	T	I	N	C	D	I	T	O	L	L	H	R
P	R	I	N	C	I	P	A	L	E	L	G	N	É
R	O	N	I	É	L	È	V	E	S	E	N	O	E
O	P	E	R	M	A	N	E	N	C	E	A	L	N
F	M	A	T	H	É	M	A	T	I	Q	U	E	S

la ☐☐☐☐☐☐☐☐

Qui travaille au collège ?	des endroits au collège	des matières
1. le/la ______	6. le ______	11. la ______
2. le/la surveillant/e	7. la ______	12. le ______
3. la ______	8. la ______	13. les ______
4. les ______	9. la ______	14. l'anglais
5. le/la ______	10. l' ______	15. la ______

3 **a** **Écoute. Est-ce que les élèves parlent d'un homme ou d'une femme ? Note f. ou m.. | Hör zu. Sprechen die Schüler von einem Mann oder von einer Frau? Schreibe f. bzw. m..**

1. ☐ 2. ☐ 3. ☐ 4. ☐ 5. ☐ 6. ☐ 7. ☐ 8. ☐

3 b **Présente cinq personnes de ton collège. | Stell fünf Personen aus deiner Schule vor.**

Il/Elle est (très) (cool/sévère/sympa). Il/Elle parle beaucoup. Il/Elle est toujours pressé/e. Il/Elle aime rigoler. Il/Elle m'énerve un peu.

Exemple : Monsieur Steiner, c'est mon prof d'allemand. Il est très sympa. Madame Nowak travaille à la cantine. Elle parle beaucoup.

____

____

____

4 a **Qu'est-ce qui va ensemble ? Écris les différentes possibilités. | Was passt zusammen? Schreibe die verschiedenen Möglichkeiten auf. Es gibt manchmal mehrere Möglichkeiten.**

aller • oublier • organiser • ranger • manger • préparer • surveiller

des spaghettis • des feuilles • aux toilettes • en permanence • à la cantine • une activité • un exposé • les élèves • des livres

____

____

____

b **Complète les phrases avec des expressions de a. Plusieurs solutions sont possibles.**

1. Les profs de SVT ______________________________ dans la nature, c'est super !
2. Ça sonne ! Le prof d'anglais ______________________________ et les élèves ______________________________.
3. À midi, je ______________________________ et je ______________________________.
4. Le documentaliste ______________________________ au CDI.

S'entraîner

☆ **5** **Écris les formes du verbe *aller* et note le pronom. | Schreibe die Formen von *aller* in die passenden Umrisse und ergänze die Subjektpronomen.** ► Les verbes, p. 161

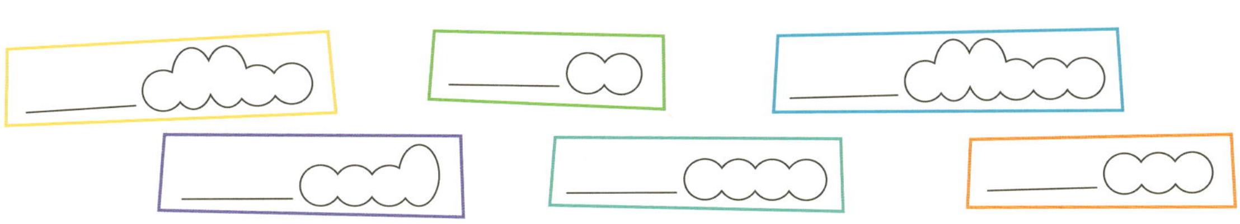

★ **6** **Parle de toi et de tes copains à ton partenaire de tandem Oscar. Pose-lui aussi des questions. | Erzähl deinem Tandempartner Oscar von dir und deinen Freunden. Stell ihm auch Fragen zu ihm und seinen Freunden.**

► Grammaire, p. 102/2

à + le → au
à + les → aux

Aujourd'hui, Mardi / Le jeudi, __ À midi, L'après-midi, Le week-end, Pendant la récré, __	je/tu mon copain ma classe on/nous/vous mes copines __	*aller à*	*la* cantine / *les* toilettes / __. *la* maison pour manger / __. *le* club de basket / __. *le* CDI pour préparer un exposé / __. *l'*entrée du collège / __. __ ?

____

____

____

★ **7** **Ils sont où ? Ils vont où ? Écris les phrases. Utilise *être/aller à la / au / aux* __ oder *être/aller dans le/la, sa* __. Schreibe die Sätze und verwende *être/aller à la / au / aux* __ oder *être/aller dans le/la, sa* __.**

1. Jeanne ____

2. Gabin ____

3. Jeanne et Lili-Rose ____

4. Gabin et Idriss ____

8 **Complète les mini dialogues par des formes des verbes *manger* ou *ranger*.** ► Les verbes, p. 160

manger → nous mangeons
ranger → nous rangeons

1. – Qu'est-ce que vous ________________ ?

   – Nous ________________ des spaghettis.

2. – Tu ________________ la cuisine avec moi ? – Je ________________ ma chambre et j'arrive !

3. – Ils ________________ du chocolat ! – Et toi, tu ________________ souvent du chocolat ?

4. – Nous ________________ les livres ? – Non. Vous, vous ________________ les jeux.

Écrire

9 [ɑ̃], [ɔ̃], [ɛ̃]: Complète les phrases.

► L'alphabet phonétique, p. 164

1. La prin_____cipale est d_____s s_____ bureau. Elle fait les _____plois du t_____ps des c_____quièmes.
2. Les surveill_____ts surveillent les élèves _____ salle de perman_____ce, à la c_____tine et p_____d_____t la récréation. Ils s_____t sympa.

3. Le docum_____taliste cherche des _____formations sur _____ ternet. Il r_____ge aussi les livres sur les étagères. Jeanne va souv_____t au CDI. C'est s_____ _____droit préféré au collège.
4. Le l_____di, nous av_____ fr_____çais, allem_____d et lat_____ ! À midi, _____ m_____ge à la c_____tine.

10 Pia écrit un mail à Lili-Rose. Il y a des fautes. Aide Pia et corrige. | Pia schreibt Lili-Rose eine Mail. Hilf Pia und korrigiere die Fehler.

► Méthodes, p. 157/24

Objet : Stuttgart – Paris

Cher[1] Lili-Rose,
Ca[2] va a[3] Paris ? Ici, a[4] Stuttgart, ce n'est pas super ! Demain, nous avon[5] deux heure[6] d'allemand, une heure de sport, trois heure[7] de maths et une heure d'histoire ! Et en plus, on a encore de devoir[8] !
Je déteste ca[9] ! Les profs son[10] toujours pressé[11], c'est l'horreur ! Et avec la prof de geo[12], on a souvent des exposé[13]. Je n'aime pas la geo[14], la prof est trop severe[15] ! Mais la[16], je prepare[17] un expose[18] sur la France, ca[19], c'est cool !
Et vous ? Qu'est-ce que vous faite[20] au college[21] ?
Tu a[22] aussi math[23] demain apres-midi[24] ?
À plus ! Pia
PS : Je suis a[25] Paris dans une semaine !

1 ______________
2 ______________
3 ______________
4 ______________
5 ______________
6 ______________
7 ______________
8 ______________
9 ______________
10 ______________
11 ______________
12 ______________
13 ______________
14 ______________
15 ______________
16 ______________
17 ______________
18 ______________
19 ______________
20 ______________
21 ______________
22 ______________
23 ______________
24 ______________
25 ______________

Welche Arten von Fehlern kommen hier vor?

- [ ] Akzentsetzung
- [ ] Verbform
- [ ] Pluralbildung
- [ ] Angleichung
- [ ] Satzstellung
- [ ] Rechtschreibung

Lire et comprendre

► p. 93

1 **Relis le texte, p. 93 et termine les phrases. Utilise *parce que/qu'*. | Schreibe die Sätze zu Ende.**

1. Pia, la fille du beau-père de Lili-Rose est à Paris parce que ______
2. C'est la journée préférée de Gabin parce qu'ils ont techno, ______
3. Lili-Rose n'aime pas Mme Meunier ______
4. Gabin aime l'emploi du temps des filles ______
5. Lili-Rose préfère l'emploi du temps des garçons ______

Écouter et comprendre

2 **Écoute le dialogue entre deux élèves de la 5e A. Puis, coche les bonnes réponses.**

1. Rosalie et Valentin parlent de leur emploi du temps du…
   ☐ lundi. ☐ mardi. ☐ mercredi. ☐ jeudi. ☐ vendredi.
2. Valentin…
   ☐ aime les cours de français. ☐ n'aime pas les cours de français.
3. Monsieur Leblanc est…
   ☐ le prof de français. ☐ le principal. ☐ un surveillant sévère. ☐ le prof de SVT.
4. Aujourd'hui, la 5e A… *(Coche deux réponses.)*
   ☐ regarde un film. ☐ a SVT avec la 5e B. ☐ a EPS avec la 5e B. ☐ va en permanence.

S'entraîner

3 **Complète par *notre/nos* ou *votre/vos*.** ► Grammaire, p. 103/4

☆ **4** **Complète par *son/sa/ses* ou *leur/leurs*. | Ergänze mit *son/sa/ses* oder *leur/leurs*.** ▶ Grammaire, p. 54/2 + p. 103/4

1. Gabin prépare ______________ exposé en permanence.

   Jeanne et Lili-Rose préparent ______________ exposé au CDI.

2. Lili-Rose oublie souvent ______________ affaires à la maison.

   Gabin et Idriss rangent ______________ affaires et vont à la cantine.

3. La prof de SVT n'aime pas trop ______________ salle de cours.

   Les élèves adorent ______________ salle d'arts plastiques.

Identifiziere zunächst den oder die „Besitzer": Gibt es nur eine/n Besitzer/in, benötigst du „son/sa/ses". Gibt es mehrere Besitzer/innen, benötigst du „leur/leurs".

★ **5** **Des élèves présentent leur collège. Complète leurs commentaires et utilise *son/sa/ses/leur/leurs*.**
▶ Grammaire, p. 54/2 + p. 103/4

In Frankreich sind Abkürzungen sehr verbreitet. Weißt du noch, wofür CDI, SVT, EPS, CPE und BD stehen? In der Liste des mots kannst du es nachlesen.

1. Voilà notre école avec sa tour. ______________
2. Voilà les stars du collège avec ______________
3. Voilà les élèves de la 6e C et ______________
4. Voilà la cantine avec ______________
5. Voilà le CPE dans ______________
6. Voilà nos profs de musique avec ______________

6 **Complète les dialogues par les bonnes formes de *manger*, *ranger* et *commencer*.** ► Les verbes, p. 160

1. **Gabin :** On ____________________ des pizzas ?

   Noé : Non, aujourd'hui, je ____________________ des spaghettis.

   Nous ____________________ des pizzas demain, d'accord ?

2. **Mère :** Ouh, c'est le bazar ici ! Qu'est-ce que vous faites ?

   Lili-Rose : Pia et moi, nous ____________________ ma chambre.

   Mère : Super ! Et après, vous ____________________ la cuisine ? Mais non, Pia ! Je rigole !

3. **Pia :** Vos cours ____________________ à huit heures demain ?

   Jeanne : Oui, nous ____________________ à huit heures.

   Lili-Rose : C'est nul ! La cinquième B ____________________ à neuf heures !

☆ **7 a** **Jonathan fait une interview. Lis d'abord les réponses et complète les questions.** | **Lies zuerst die Antworten und ergänze dann die Fragen.** ► Grammaire, p. 102/3

comment est-ce que • quand est-ce que • où est-ce que • pourquoi est-ce que • qu'est-ce que

– Bonjour Monsieur, ____ vous travaillez ?

– Je suis documentaliste, alors je travaille au CDI.

– ____ vous êtes documentaliste ?

– Je suis documentaliste parce que j'adore les livres !

– ____ vous commencez votre journée ?

– Je commence le matin à sept heures trente.

– ____ vous terminez votre journée ?

– Ça dépend ! Je termine à 16 heures le lundi, le mardi et le jeudi et à 13 heures le mercredi et le vendredi.

– ____ vous organisez votre journée ?

– Le matin, je range les livres et je surfe sur Internet pour trouver des informations et l'après-midi, j'organise des activités avec les profs.

– ____ vous préférez dans votre mission ?

– Être là pour les élèves.

– Merci Monsieur !

►►►

7 b Écris quatre/cinq questions et pose-les à ton/ta partenaire qui répond. | Schreibe vier/fünf Fragen mit den Fragewörtern von a und stelle deinem/deiner Partner/in die Fragen. Er/Sie antwortet.

____

____

____

____

Vocabulaire et expression

8 a Qu'est-ce que tu dis dans quelle situation ? Relie. | Was sagst du in welcher Situation? Verbinde.

Ihr kommt an eine Bushaltestelle und euer Bus ist sofort da, obwohl er nur alle halbe Stunde verkehrt.	1	A	Ce n'est pas mon truc !
Dein Freund nervt dich und redet lauter dummes Zeug.	2	B	Ça dépend !
Deine Freunde wollen eine Serie sehen, die alle mögen, du aber nicht.	3	C	C'est l'horreur !
Jemand stellt dir eine Frage, die du nicht eindeutig beantworten kannst.	4	D	On a de la chance !
Du erfährst etwas und bist begeistert.	5	E	C'est super !
Du erfährst etwas und bist entsetzt.	6	F	Ça suffit !
Deine Freunde schlagen eine Unternehmung vor und du bist einverstanden.	7	G	Ça marche !
Deine Freundin kann heute leider nicht wie geplant zu dir kommen.	8	H	C'est dommage !

b Complète les dialogues par des expressions de a. | Vervollständige die Dialoge mit Ausdrücken von a.

1. – Vous jouez au basket en EPS ? ______________________ !
   – Oui, ______________________ !
2. – On fait l'exposé ensemble ?
   – ______________________ !
3. – Tu aimes les sciences physiques ?
   – Non, ______________________.
4. – Vos profs sont sympa ?
   – ______________________... M. Didier est cool, mais Mme Denon est trop sévère.
5. – Aujourd'hui, c'est ma journée cauchemar. On commence à huit heures et on termine à 17 heures.
   – ______________________ !

Parler – Tandem

9 Partner A (deutsche/r Schüler/in) ist bei Partner B (französische/r Austauschschüler/in) zu Besuch in Frankreich. Ihr unterhaltet euch über eure unterschiedlichen Schulalltage. Stellt euch gegenseitig Fragen und antwortet.

A

1. A: Frag, wie B den Donnerstag findet.
   B: Le jeudi, c'est ma journée préférée/cauchemar.
2. A: Frag, warum es der Lieblingstag/Albtraumtag von B ist.
   B: C'est ma journée préférée/cauchemar parce que ___.
3. B: Et toi, comment est-ce que tu trouves le jeudi ?
   A: Antworte: der Donnerstag ist (auch) dein Lieblingstag/Albtraumtag.
4. B: Pourquoi est-ce que c'est ta journée préférée/cauchemar ?
   A: Antworte und gib eine Begründung an.
5. B: Quand est-ce que tu commences ta journée le vendredi ?
   A: Sag, um wieviel Uhr du freitags deinen Tag beginnst.
   B: À ___ heures ! C'est l'horreur ! / Tu as de la chance ! Moi, je commence à ___ heures.
6. B: Où est-ce que tu manges à midi, en Allemagne ?
   A: Sag, dass es darauf ankommt: manchmal isst du in der Kantine und manchmal zu Hause.
7. A: Frag, wo B mittwochs seine/ihre Hausaufgaben macht.
   B: Je fais mes devoirs en permanence / à la maison / chez ___.

B

1. A: Comment est-ce que tu trouves le jeudi ?
   B: Antworte: der Donnerstag ist dein Lieblingstag/Albtraumtag.
2. A: Pourquoi est-ce que c'est ta journée préférée/cauchemar ?
   B: Antworte und gib eine Begründung an.
3. B: Frag dann zurück, wie A den Donnerstag findet.
   A: Le jeudi, c'est (aussi) ma journée préférée/cauchemar.
4. B: Frag, warum es der Lieblingstag/Albtraumtag von A ist.
   A: C'est ma journée préférée/cauchemar parce que ___.
5. B: Frag, wann A freitags seinen/ihren Tag beginnt.
   A: Le vendredi, je commence ma journée à ___ heures.
   B: Wiederhole die Uhrzeit und sage, dass das der Horror ist / dass A Glück hat. Ergänze, wann du selbst anfängst.
6. B: Frag, wo A in Deutschland zu Mittag isst.
   A: Ça dépend… Parfois, je mange à la cantine et parfois, je mange à la maison.
7. A: Où est-ce que tu fais tes devoirs le mercredi ?
   B: Antworte und nenne den Ort.

Lire et comprendre

▸ p. 98

1 Trouve dans le texte un commentaire pour chaque image et note le numéro. | Finde für jedes Bild einen passenden Kommentar im Text S. 98 und notiere dessen Nummer.

a  ☐

b  ☐

c  ☐

d  ☐

e 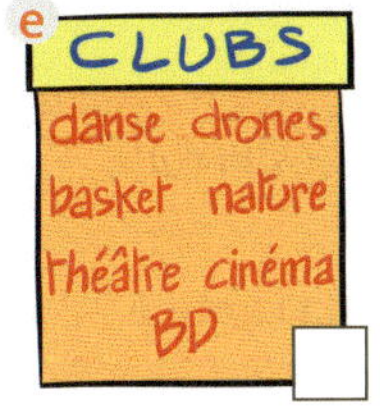

☐

f  ☐

S'entraîner

☆ **2** Relie les dessins aux phrases. Note les lettres correspondantes. | Verbinde die Zeichnungen mit den Sätzen. Schreibe die entsprechenden Buchstaben auf.

a 

b 

c 

d 

e 

f 

1. Il y a trop de tomates. ☐
2. Il y a beaucoup de tomates. ☐
3. Il n'y a pas assez de tomates. ☐
4. Il n'y a pas de tomates. ☐
5. Il n'y a plus de tomates. ☐
6. Il y a assez de tomates. ☐

★ **3** Décris les dessins. | Beschreibe die Bilder und benutze *beaucoup de, trop de, assez de, ne… pas assez de, ne… pas de, ne… plus de*. Es gibt mehrere Möglichkeiten. ▸ Grammaire, p. 103/5

1 

ordinateurs • tableau

2 

BD • étagères

3 

élèves • chaises

4 

surveillants • joueurs

5 

salade • pizza

6 

instruments • prof de musique

1. Dans la salle de techno, il y a beaucoup d'ordinateurs mais ____________________.
2. Au CDI, il y a ____________________.
3. Dans la salle de SVT, ____________________.
4. Dans la cour, ____________________.
5. À la cantine, ____________________.
6. Dans la salle de musique, ____________________.

4 a Complète les phrases par *bon(s)*, *bonne(s)* 👍, *nul(s)* ou *nulle(s)* 👎.

1. Hannah est ____________ 👍 en maths et en sciences physiques, mais elle est ____________ 👎 en français.
2. Léo et Noé sont ____________ 👍 en français et en SVT, mais ils sont ____________ 👎 en maths.
3. Sami est ____________ 👍 en histoire-géo et en allemand, mais il est ____________ 👎 en technologie.
4. Lisa et Mariam sont ____________ 👍 en anglais et en EPS, mais elles sont ____________ 👎 en latin.
5. Selma et Martin sont ____________ 👍 en musique et en arts plastiques, mais ils sont ____________ 👎 en SVT.

b Et toi ? En quelle matière est-ce que tu es bon/ne ? En quelle matière est-ce que tu es nul/le ? Raconte.

____

____

☆ **5 a Complète les phrases par *bon/ne* ou *bien*.**

1. Fanta travaille ______ à l'école. Elle est ______ dans beaucoup de matières.
2. Le prof de maths explique ______, mais Léo n'est pas très ______ en maths !
3. Elsa n'est pas très ______ à l'école, mais elle parle en cours et elle n'écoute pas ______.
4. À la cantine, on ne mange pas très ______, mais la pizza est ______.

★ **5** b ***Bon/ne* ou *bien* ? Complète le dialogue. | Ergänze den Dialog mit *bon/ne* oder *bien*.**

> Hugo est bon en musique. Wie ist jemand oder etwas? (Adjektiv)
> Hugo travaille bien. Wie macht man etwas? (Adverb)

Pia : Ça va ________________ pour vous à l'école ?

Gabin : Moi, je suis ________________ en maths et en sciences… et je dessine ________________ !

Lili-Rose : Ça va. Je n'aime pas trop l'école, je n'écoute pas très ________________ en cours, mais en arts plastiques et en sport, je suis super ________________ !

Jeanne : Je ne suis pas très ________________ en maths, mais j'aime quand même ma prof de maths parce qu'elle explique ________________ ! … Je voudrais être comme Idriss ! Il est ________________ partout, ses questions sont intéressantes et ses réponses sont toujours ________________ !

Idriss : Ce n'est pas vrai ! Je ne suis pas ________________ partout ! Par exemple, je ne parle pas ________________ allemand !

c **Compare à allemand. | Vergleiche mit dem Deutschen.**

Ich bin **gut** in Mathe.
Ich höre **gut** zu.

____

____

Vocabulaire et expression

6 **Complète les phrases. | Vervollständige die Sätze. Nutze dazu Wörter und Ausdrücke in der chronologischen Wortliste auf S. 197–198.**

Salut ! Je voudrais ______________________ sur mon collège. Je suis ici depuis ______________________. ______________________ les surveillants sont sympa. Il y a ______________________, c'est super pour les élèves handicapés[1]. La cour est grande et jolie et les toilettes sont toujours ______________________.

À la cantine, on mange bien, mais je trouve qu'on ______________________ trop de pain : ______________________ !

▶▶▶

Il n'y a pas trop d'élèves dans ma classe, mais nous faisons trop de ______________________ quand même. Alors, nos profs ______________________ parfois. Comme partout, on a trop de devoirs : ______________________ ! Mais j'aime ma classe et mes profs parce que ______________________ est bonne.

1 **les élèves handicapés** die behinderten Schüler

7 a Trouve la fin du premier mot et le début du deuxième. | Finde die Buchstaben, die das Ende des ersten Wortes bilden und den Anfang des zweiten. ► Liste des mots, p. 200–204

1. lun _ _ manche
2. bon _ _ _ _ _ née
3. cauche _ _ _ _ di
4. s _ _ _ _ _ mand
5. su _ _ _ _ manence
6. man _ _ _ _ piller
7. racon _ _ _ _ rain
8. pl _ _ tention

b Écoute et compare avec tes résultats de a. | Hör zu und überprüfe deine Ergebnisse aus a.

c Écris un texte avec un maximum de mots de a. | Schreib einen Text über deinen Schulalltag und verwende dabei so viele Wörter aus a wie möglich.

____

____

____

____

8 a Trouve le verbe et des compléments. | Schreibe das passende Verb in die Mitte. Welche weiteren Ergänzungen findest du? ► Liste des mots, p. 176–198

8 b Décris les activités dans ton école. Utilise les mots suivants et les expressions de a. | Beschreibe, was in deiner Schule los ist. Benutze die Wörter aus dem Kasten sowie die Ausdrücke von a.

le/la principal/e • les élèves de sixième/cinquième • le/la documentaliste • le/la prof d'EPS / de français / __ • le/la surveillant/e • le/la CPE • la star du collège • mes amis et moi

____

____

____

____

____

____

Jouer

9 Lis les informations et trouve les solutions. | Lies die folgenden Informationen und finde durch logische Schlussfolgerungen heraus, welcher Lehrer wie heißt und welches Fach er/sie unterrichtet.

Informations :

1. Une professeure s'appelle Mme Merle.
2. Le prof de techno est en face de la prof d'histoire-géo.
3. À gauche de M. Fauchon, il y a Mme Blanc. Sa matière, ce sont les arts plastiques.
4. La prof d'histoire-géo est à droite de la prof de maths.
5. Mme Louis n'est pas prof de maths.

Médiation

10 **Ton amie française Célia a trouvé cet article et demande ton aide. Réponds à ses questions. | Deine französische Freundin Célia hat diesen Artikel gefunden und bittet dich um Hilfe. Beantworte ihre Fragen.** ► Méthodes, p. 173/25

Célia

Au secours ! Je ne comprends pas bien l'article de Jakob. Son sport préféré, qu'est-ce que c'est ? Qu'est-ce qu'il aime dans son collège ? Qu'est-ce qu'il n'aime pas ?
Merci pour ton aide ! 17:48

Jakob Schmidt

Mein Leben in der Sportschule

Mein Traum ist Profifußballer zu werden und deswegen besuche ich seit einem Jahr eine Sportschule. Ich finde meine Schule super! Zum Beispiel gibt es hier viele Sporteinrichtungen: 5 Fußballplätze, 5 Basketballfelder, eine Sporthalle, einen Fitnessraum, und viele Sport-AGs! (Aber so was wie eine Musik-AG oder eine Theater-AG kann man hier lange suchen, die gibt es nicht! ;-)

Die Lehrer sind zwar streng aber auch sehr gut, das macht Spaß!

Mit unseren 20 Stunden Sport pro Woche haben wir insgesamt zu viele Unterrichtstunden und zu wenig Freizeit. Am Mittwoch und am Freitag haben wir sogar Frühsport, da beginnt der Unterricht schon um 7 Uhr und geht bis 17 Uhr! Das fällt mir manchmal sehr schwer ... Zum Glück haben wir aber nicht viele Hausaufgaben. Die Lehrer sind da cool, sie kennen unseren Stundenplan.

Ein echter Schwachpunkt dieser Schule: Ich bin ständig mit Fußball beschäftigt und habe keine Freunde mehr in dem Viertel, in dem ich wohne, das ist sehr schade!

Im *Atelier d'écriture* trainierst du intensiv das Schreiben.

1 **Voilà le début d'une BD. « Traduis » les symboles. | „Übersetze" die Symbole.**

Il est  ______________ au collège. Tout est  ______________.

Mais dans la salle de SVT, Odilon ouvre la  ______________ de son armoire. Il habite ici.

À  ______________, Odilon visite souvent le collège. C'est son heure...

2 **Complète la suite de l'histoire par les expressions suivantes :**

aller en salle de musique / d'arts plastiques / au CDI

aimer faire du piano • regarder une vidéo • dessiner • adorer le rouge

Odilon ______________ parce qu'il ______________ ______________ !

Ensuite, il ______________. Là, Odilon ______________ ______________.

Il ________ aussi ______________ pour ______________. Il ______________ !

3 **Termine l'histoire d'après tes idées. | Beende die Geschichte nach deinen eigenen Ideen.**

____
____

____
____

____
____

4 Fais le point

Hier überprüfst du, ob du die Redewendungen, die Vokabeln und die Grammatik der *Unité 4* beherrschst. Löse die folgenden Aufgaben ohne Hilfen und vergleiche deine Ergebnisse mit den Lösungen auf scook.de. ▶ Zugang siehe Seite 1

Les mots pour le dire

1 **Qu'est-ce qui va ensemble ? Relie. | Was passt zusammen? Verbinde.**

J'adore le lundi !	1	A	Vite !
Je déteste le jeudi !	2	B	C'est ma journée préférée !
J'oublie souvent mes affaires.	3	C	Vous faites trop de bruit !
Le sport est mon point faible !	4	D	Aujourd'hui, je n'ai pas mon livre.
Je suis pressé/e !	5	E	Je suis vraiment nul/le en EPS !
Parfois, Max est sympa et parfois il m'énerve.	6	F	C'est ma journée cauchemar !
J'aime les animaux et les plantes.	7	G	Au secours !
Mardi, je ne peux pas.	8	H	Ma matière préférée, c'est SVT.
Aah ! Il y a un rat dans les toilettes !	9	I	Ça dépend !
Chut !	10	J	J'ai club théâtre !

Das Verb *aller* und der zusammengezogene Artikel mit *à*

2 a **Complète par la bonne forme du verbe *aller*.**

1. Je __________________ à la cantine.
2. Nous __________________ à la salle des profs.
3. Les filles __________________ au club théâtre.

b **Complète par l'article contracté. | Ergänze mit dem zusammengezogenen Artikel mit *à*.**

1. Tu vas _________ CDI ?
2. La surveillante va _________ entrée.
3. Vous allez _________ toilettes ?

Die Possessivbegleiter *notre/nos, votre/vos, leur/leurs*

3 **Léon et Noël ont un problème avec leur prof de musique. Complète. | Ergänze.**

C'est ça, ____________ exposé ? Et en plus, vous n'avez pas ____________ affaires ?

Ils ne font pas ____________ devoirs ! Ils n'écoutent pas ________________ profs ! Et ____________ exposé est nul !

____________ prof est trop sévère ! Nous faisons toujours ____________ devoirs et nous avons toujours ____________ affaires !

Die Frage mit *est-ce que* und Fragewort

4 **Complète les questions par *quand/où/pourquoi/comment est-ce que*.**

1. ______________________________ ça commence ?
2. ______________________________ je suis nulle en SVT ?
3. ______________________________ j'écris ? En bleu ou en noir ?
4. ______________________________ il y a les solutions ?
5. ______________________________ je fais pour trouver la bonne réponse ?
6. ______________________________ on mange ?

Die Mengenangaben mit *de*

5 **Éva parle de son école. Complète le texte. | Ergänze den Text mit den Angaben in Klammern.**

Bonjour ! Je suis en cinquième A au collège Aristide Briand. Dans ma classe, nous sommes 32 élèves : 21 garçons et 11 filles. Je trouve qu'il y a ______________ (*zu viele*) garçons et qu'il ____ y a ______________ (*nicht genug*) filles. Depuis la rentrée, il ____ y a ______________ (*keine mehr*) club d'escalade au collège, c'est dommage. Mais il y a quand même ______________ (*viele*) clubs de sport, alors ça va. Le vendredi, nos profs ____ donnent ______________ (*keine*) devoirs. On a de la chance !

C-Test: Cocktail

6 **Les élèves de la sixième B donnent leur avis sur leur collège. Complète leur article pour un magazine. | Ergänze den Artikel der Schüler über ihre Schule.**

Salut ! Nous sommes des élèves de la sixième B. Le ma________, nous comme____________ toujours à 8 heu________ et l'aprè______________, nous term____________ entre 17 e___ 18 heures. C'________ nul ! L'amb______________ est bo________ quand mê______ parce q______ nos survei______________ et n______ profs so______ sympa e___ parce q______ notre sa________ de cla________ est gra________ et jo________.

Les élè________ de l___ sixième A râl________ souvent : le________ profs n'expl______________ pas bi______ et le______ salle d___ classe e______ moche... Alors, chez nous, ça va !

Module 4 : À la cantine

1 a **Écoute. Note la bonne réaction. | Hör zu. Welche Reaktionen passen? Schreibe die Nummer (1–5) zu den Ausdrücken. Ein Ausdruck bleibt übrig.**

Hör dir erst einmal alle fünf Sätze an. Löse die Aufgabe erst beim zweiten Hördurchgang.

- [ ] Merci !
- [ ] Qu'est-ce qu'il y a ? Ce n'est pas bon ?
- [ ] Mange un fruit ou un peu de pain.
- [ ] Tu me passes le sel, s'il te plaît ?
- [ ] Non, merci, je suis végétarien.
- [ ] Ah, moi aussi, j'ai soif !

b **Trouvez une situation pour la phrase qui reste en a, imaginez un dialogue et jouez la scène. | Überlegt euch eine Situation für den in a übrig gebliebenen Ausdruck, denkt euch einen Dialog aus und spielt die Szene.**

____

____

____

____

2 a **Voilà des mots que tu ne connais pas. Lis la définition et trouve la bonne photo. | Diese Wörter kennst du nicht. Lies die Beschreibung und finde das passende Bild. Zu zwei Bildern gibt es keine Beschreibung.**

1 **le petit pois** ☐ → Il est vert, il est très petit, c'est un légume. En Allemagne, on mange souvent les petits pois avec des carottes.

2 **l'escalope végétale** ☐ → C'est un peu comme un steak, mais il n'y a pas de viande. C'est sympa pour les végétariens.

3 **la betterave** ☐ → C'est un légume. Il est rouge-noir et grand comme une pomme. On mange la betterave en salade.

4 **la cerise** ☐ → C'est un fruit rouge. Les Français mangent les cerises, par exemple, dans un gâteau traditionnel, le clafoutis.

A 

B 

C 

D 

E 

F 

★ **b** **Beschreibe die zwei anderen Fotos. Benutze ein Online-Wörterbuch.**

____

____

____

2 c **Lis la BD et complète les phrases.**

1. ______________________________ vont au zoo.
2. ______________________________ une glace[1].
3. ______________________________ les petits poissons.
4. Et les petits poissons ____________________ les petits pois.
5. Les petits poissons et les petits pois sont ____________________.

[1] une glace ein Eis

3 **Complète par les formes du verbe *prendre*. | Ergänze mit den Formen von *prendre*.** ▶ Les verbes, p. 161

★ **4** **Tu es en France avec tes parents. Vous allez au restaurant. | In einem Restaurant hilfst du deinen Eltern, die kein Französisch sprechen, bei der Bestellung. Lies die Sprechblasen und ergänze dann den Dialog.**

Du zum Kellner: Pardon monsieur, on a des questions. Ma mère a une allergie... Est-ce que ____________________

____

Der Kellner: Oui, bien sûr, la terrine de saumon ! Il n'y a pas de tomates dans la terrine de saumon.

Du zu deiner Mutter: Also, ____

____

Deine Mutter: Aha ... und was heißt „terrine de saumon"?

Du zum Kellner: ____________________________

____

Der Kellner: La terrine de saumon, euh... le saumon est un poisson rose... la terrine est très bonne !

Du zu deiner Mutter: Es ist irgendwas mit Fisch.

Deine Mutter: Gut, Fisch esse ich gerne. Gibt es auch ein Hauptgericht ohne Tomate?

Du zum Kellner: Elle prend la terrine. Est-ce que

____

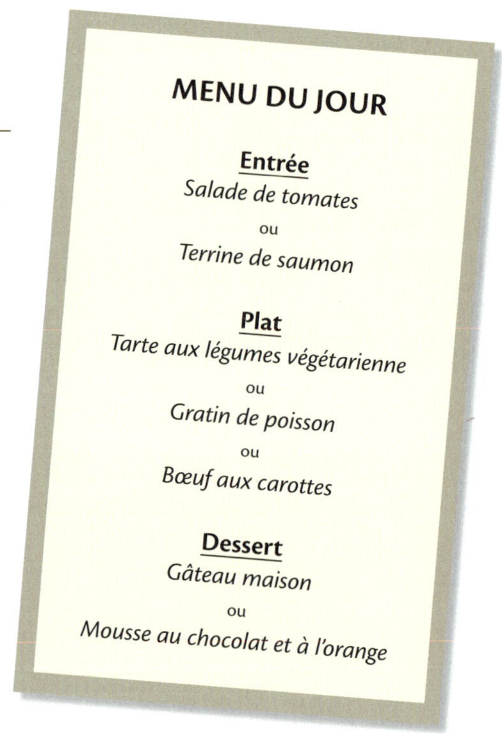

MENU DU JOUR

Entrée
Salade de tomates
ou
Terrine de saumon

Plat
Tarte aux légumes végétarienne
ou
Gratin de poisson
ou
Bœuf aux carottes

Dessert
Gâteau maison
ou
Mousse au chocolat et à l'orange

Der Kellner: Oui, le gratin de poisson ou le bœuf aux carottes. Ce sont des plats sans tomates. Le bœuf aux carottes, c'est très bon aussi, c'est un plat typique de la région : de la viande avec des carottes !

Du zu deinen Eltern: ____

____

Dein Vater: Wunderbar, dann nehme ich das „bœuf".

Du zum Kellner: ____

Der Kellner: Très bien, merci. Pour le dessert, on va voir après.

Vocabulaire : La liste des courses

1 a Retrouve les mots et écris-les.

1. f r n a i e la ____________________
2. c o l a t c h o le ____________________
3. s e f i r a s les ____________________
4. z i r le ____________________
5. m l e i le ____________________
6. i t a l le ____________________
7. u a e l'____________________
8. s c r u e le ____________________
9. l e s le ____________________
10. s œ f u les ____________________
11. e g a m o r f le ____________________
12. r r e e b u le ____________________
13. b m j a o n le ____________________
14. n i p a le ____________________
15. e m s m p o les ____________________
16. s i b t s i u c les ____________________
17. u j s le ____________________
18. e v r i p o le ____________________
19. e s r o t c a t les ____________________
20. â e t u g a le ____________________

b Écris les numéros de a au bon endroit. Il y a trois éléments en trop ! Écris leur nom.

____

2 **Parmi ces aliments, souligne les produits d'origine animale. | Unterstreiche die Lebensmittel tierischen Ursprungs.**

la farine • le lait • les œufs • le pain • le beurre • le jambon • le miel • le fromage • le poivre • la viande • le riz • la crème • le sel • le sucre • le steak • le potiron

3 **Souligne l'intrus. Justifie ta réponse.**

1. le fromage • le lait • le beurre • le poivre ____________________
2. la salade • la viande • la carotte • la tomate ____________________
3. le riz • le coca • le jus de fruits • l'eau ____________________
4. la banane • la pomme • l'orange • l'œuf ____________________
5. le sucre • le miel • le sel • le chocolat ____________________

4 **C'est le week-end chez Gabin. Complète le dialogue. Utilise *du*, *de la*, *de l'* ou *des* + nom.**

Mme Morel : On est samedi, il faut faire les courses[1] pour le week-end.

M. Morel : On a ____du jambon____ , ____________ , ____________  et ____________ .

Mme Morel : Il faut des fruits : ____________  et ____________ .

M. Morel : Pour ma soupe, il faut aussi des légumes : ____________  et ____________ . Et il faut aussi ____________ , ____________  et ____________ .

Gabin : Il faut des boissons : ____________ , ____________  et ____________ . On fait un gâteau au chocolat, dimanche ?

Mme Morel : D'accord ! Alors, il faut ____________ 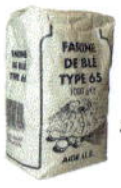, ____________ , ____________ , ____________  et ____________  !

Gabin : Il faut ____________ . On prend aussi ____________  ?

M. Morel : Non, mais on prend ____________ . J'aime trop ça !

1 **faire les courses** einkaufen

Lire et comprendre

▶ p. 112
▶ p. 165

1 **Relis le texte et coche le bon résumé. | Lies den Text auf S. 112 und das Transkript auf S. 165 noch einmal durch und kreuze die richtige Zusammenfassung an.**

1 Jeanne veut passer la journée de dimanche avec ses amis. Ils veulent faire un pique-nique dans le parc de la Villette et aller ensuite à un atelier jardin. C'est gratuit ! Idriss a beaucoup de devoirs en allemand, mais Pia peut faire ses devoirs. Alors, il peut aller à l'atelier jardin, sa mère est d'accord. ☐

2 Jeanne veut passer la journée de dimanche avec ses amis. Ils veulent faire un pique-nique dans le parc de la Villette et aller ensuite à un festival de musique. C'est gratuit ! Idriss a beaucoup de devoirs ce week-end, mais Jeanne et Pia peuvent faire les devoirs avec leur ami. Alors, Idriss peut aller au festival avec ses amis, sa mère est d'accord. ☐

3 Jeanne veut passer la journée de dimanche avec ses amis. Ils veulent aller à un festival de musique dans le parc de la Villette. C'est gratuit ! Ensuite, ils veulent faire un pique-nique. Idriss a beaucoup de devoirs, mais le festival commence à 15 heures. Alors, il peut travailler dimanche matin et aller l'après-midi au festival avec ses amis, sa mère est d'accord. ☐

S'entraîner

2 a Qu'est-ce qu'ils aiment ? Qu'est-ce qu'ils préfèrent ? Complète les phrases par des formes du verbe *préférer*. ▶ Les verbes, p. 160

Denke an die Personalpronomen!

1. Jeanne aime le vert, mais elle ______ le bleu.
2. Noé aime les rats, mais ______ les lapins.
3. – Idriss, tu aimes le basket ? – Oui, mais ______ le foot.
4. Gabin, tu aimes les maths et la techno. Cool ! Mais ______ les maths ou la techno ?
5. Jeanne et Lili-Rose aiment les arts plastiques, mais ______ le théâtre.
6. – Qu'est-ce que vous aimez faire, le dimanche ? Qu'est-ce que ______ faire ?
   – Nous aimons être en famille, mais ______ passer le dimanche avec nos amis !

b Et toi ? Qu'est-ce que tu aimes (faire) ? Et qu'est-ce que tu préfères (faire) ? Écris deux phrases.

______

______

______

3 **Des jeunes veulent faire une surprise[1] à leur ami Mano. Ils préparent une chaîne téléphonique[2]. Complète par les formes du verbe *appeler*.** ► Les verbes, p. 160

Emma : Philippe, tu ____________________ Lou et Chloé. Ensuite, Lou ____________________ Damien.

Et Chloé et son frère ____________________ Emre.

Xénia : Et moi, j'____________________ qui ?

Emma : Toi et moi, on ____________________ Leïla.

Philippe : Vous ____________________ qui ?

Xénia : Nous ____________________ Leïla !

1 **la surprise** die Überraschung 2 **la chaîne téléphonique** die Telefonkette

☆ **4 a** ***-ou-* ou *-eu-* ? Complète les formes des verbes *pouvoir* et *vouloir*.** ► Les verbes, p. 161

p__ __voir	
je p__ __x	nous p__ __vons
tu p__ __x	vous p__ __vez
il/elle/on p__ __t	ils/elles p__ __vent

v__ __loir	
je v__ __x	nous v__ __lons
tu v__ __x	vous v__ __lez
il/elle/on v__ __t	ils/elles v__ __lent

★ **b** **Complète les dialogues par les formes de *pouvoir* et *vouloir*.**

Lies die Dialoge gut durch, bevor du entscheidest, ob du sie mit einer Form von „können" (pouvoir) oder „wollen" (vouloir) ergänzen sollst.

1. – Tu ____________________ aller en ville avec moi ?
   – Je ne ____________________ pas, j'ai des devoirs.
2. – Maman, est-ce qu'on ____________________ regarder un film ?
   – Qu'est-ce que vous ____________________ regarder ?
   – On ____________________ regarder « Belle et Sébastien ».
3. – Papa, est-ce que nous ____________________ aller chez nos copains, dimanche ?
   – Non, avec maman, nous ____________________ passez le week-end chez votre grand-mère.
4. – Les enfants ____________________ surfer sur Internet, mais ils ne ____________________ pas parce que l'ordinateur ne marche pas !

„Belle et Sébastien" ist ein französischer Spielfilm von Nicolas Vanier aus dem Jahr 2013. Er spielt in einem kleinen Dorf in den französischen Alpen und erzählt von der Freundschaft zwischen dem Waisenjungen Sébastien und der wildlebenden Hündin Belle. Die Grundlage bildet der Roman Belle et Sébastien von Cécile Aubry.

________ *gehen*

je ________ nous ________
tu ________ vous ________
il / elle / on ________ ils / elles ________

On ________ au skatepark ?

________ *mögen, lieben*

j' ________ nous ________
tu ________ vous ________
il / elle / on ________ ils / elles ________

Vous ________ la cantine ?

________ *ankommen*

j' ________ nous ________
tu ________ vous ________
il / elle / on ________ ils / elles ________

Elles ________ bientôt.

! ________ *kaufen*

j' ________ nous ________
tu ________ vous ________
il / elle / on ________ ils / elles ________

Elle ________ un poster.

________ *suchen*

je ________ nous ________
tu ________ vous ________
il / elle / on ________ ils / elles ________

Je ________ mon livre et mon stylo.

________ *haben*

j' ________ nous ________
tu ________ vous ________
il / elle / on ________ ils / elles ________

J' ________ un frère et une sœur.

aimer *mögen, lieben*

j'	**aime**	ich mag	nous	**aimons**	wir mögen
tu	**aimes**	du magst	vous	**aimez**	ihr mögt / Sie mögen
il / elle / on	**aime**	er/sie/man mag	ils / elles	**aiment**	sie mögen

Vous **aimez** la cantine ?

regelmäßiges Verb auf *-er*

aller *gehen*

je	**vais**	ich gehe	nous	**allons**	wir gehen
tu	**vas**	du gehst	vous	**allez**	ihr geht / Sie gehen
il / elle / on	**va**	er/sie/man geht	ils / elles	**vont**	sie gehen

On **va** au skatepark ?

aller ist ein unregelmäßiges Verb. Lerne die Konjugation auswendig.

! acheter *kaufen*

j'	**achète**	ich kaufe	nous	**achetons**	wir kaufen
tu	**achètes**	du kaufst	vous	**achetez**	ihr kauft / Sie kaufen
il / elle / on	**achète**	er/sie/man kauft	ils / elles	**achètent**	sie kaufen

Elle **achète** un poster.

! Achte auf die Akzente auf dem *e*.

arriver *ankommen*

j'	**arrive**	ich komme an	nous	**arrivons**	wir kommen an
tu	**arrives**	du kommst an	vous	**arrivez**	ihr kommt an / Sie kommen an
il / elle / on	**arrive**	er/sie/man kommt an	ils / elles	**arrivent**	sie kommen an

Elles **arrivent** bientôt.

regelmäßiges Verb auf *-er*

avoir *haben*

j'	**ai**	ich habe	nous	**avons**	wir haben
tu	**as**	du hast	vous	**avez**	ihr habt / Sie haben
il / elle / on	**a**	er/sie/man hat	ils / elles	**ont**	sie haben

J'**ai** un frère et une sœur.

avoir ist ein unregelmäßiges Verb. Lerne die Konjugation auswendig.

chercher *suchen*

je	**cherche**	ich suche	nous	**cherchons**	wir suchen
tu	**cherches**	du suchst	vous	**cherchez**	ihr sucht / Sie suchen
il / elle / on	**cherche**	er/sie/man sucht	ils / elles	**cherchent**	sie suchen

Je **cherche** mon livre et mon stylo.

regelmäßiges Verb auf *-er*

_______________ *hassen*

je _______________ nous _______________

tu _______________ vous _______________

il / elle / on _______________ ils / elles _______________

Je _______________ bricoler.

_______________ *beginnen*

je _______________ nous _______________

tu _______________ vous _______________

il / elle / on _______________ ils / elles _______________

Nous _______________ à 9 heures.

_______________ *sein*

je _______________ nous _______________

tu _______________ vous _______________

il / elle / on _______________ ils / elles _______________

Je _______________ en cinquième.

_______________ *hören/zuhören/anhören*

j' _______________ nous _______________

tu _______________ vous _______________

il / elle / on _______________ ils / elles _______________

J'_______________ de la musique.

_______________ *wohnen*

j' _______________ nous _______________

tu _______________ vous _______________

il / elle / on _______________ ils / elles _______________

Ils _______________ à Paris.

_______________ *machen*

je _______________ nous _______________

tu _______________ vous _______________

il / elle / on _______________ ils / elles _______________

On _______________ des pizzas.

commencer *beginnen*

je	commence	ich beginne	nous	commençons	wir beginnen
tu	commences	du beginnst	vous	commencez	ihr beginnt / Sie beginnen
il / elle / on	commence	er/sie/man beginnt	ils / elles	commencent	sie beginnen

Nous **commençons** à 9 heures.

! Achte auf *ç* in der *nous*-Form.

détester *hassen*

je	déteste	ich hasse	nous	détestons	wir hassen
tu	détestes	du hasst	vous	détestez	ihr hasst / Sie hassen
il / elle / on	déteste	er / sie / man hasst	ils / elles	détestent	sie hassen

Je **déteste** bricoler.

regelmäßiges Verb auf *-er*

écouter *hören/zuhören/ anhören*

j'	écoute	ich höre	nous	écoutons	wir hören
tu	écoutes	du hörst	vous	écoutez	ihr hört / Sie hören
il / elle / on	écoute	er/sie/man hört	ils / elles	écoutent	sie hören

J'**écoute** de la musique.

regelmäßiges Verb auf *-er*

être *sein*

je	suis	ich bin	nous	sommes	wir sind
tu	es	du bist	vous	êtes	ihr seid / Sie sind
il / elle / on	est	er/sie/man ist	ils / elles	sont	sie sind

Je **suis** en cinquième.

être ist ein unregelmäßiges Verb. Lerne die Konjugation auswendig.

faire *machen*

je	fais	ich mache	nous	faisons	wir machen
tu	fais	du machst	vous	faites	ihr macht / Sie machen
il / elle / on	fait	er/sie/man macht	ils / elles	font	sie machen

On **fait** des pizzas.

faire ist ein unregelmäßiges Verb. Lerne die Konjugation auswendig.

habiter *wohnen*

j'	habite	ich wohne	nous	habitons	wir wohnen
tu	habites	du wohnst	vous	habitez	ihr wohnt / Sie wohnen
il / elle / on	habite	er / sie / man wohnt	ils / elles	habitent	sie wohnen

Ils **habitent** à Paris.

regelmäßiges Verb auf *-er*

! ____________ *essen*

je ____________ nous ____________

tu ____________ vous ____________

il / elle / on ____________ ils / elles ____________

Nous ____________ des crêpes.

____________ *spielen*

je ____________ nous ____________

tu ____________ vous ____________

il / elle / on ____________ ils / elles ____________

Tu ____________ avec nous ?

! ____________ *bevorzugen, lieber mögen*

je ____________ nous ____________

tu ____________ vous ____________

il / elle / on ____________ ils / elles ____________

Je ____________ aller au cinéma.

____________ *sprechen*

je ____________ nous ____________

tu ____________ vous ____________

il / elle / on ____________ ils / elles ____________

Ici, on ____________ français.

____________ *können*

je ____________ nous ____________

tu ____________ vous ____________

il / elle / on ____________ ils / elles ____________

Tu ____________ acheter deux croissants ?

____________ *nehmen*

je ____________ nous ____________

tu ____________ vous ____________

il / elle / on ____________ ils / elles ____________

Vous ____________ un dessert ?

jouer *spielen*

je **joue**	ich spiele	nous **jouons**	wir spielen
tu **joues**	du spielst	vous **jouez**	ihr spielt / Sie spielen
il / elle / on **joue**	er/sie/man spielt	ils / elles **jouent**	sie spielen

Tu **joues** avec nous ?

regelmäßiges Verb auf *-er*

! manger *essen*

je **mange**	ich esse	nous **mangeons**	wir essen
tu **manges**	du isst	vous **mangez**	ihr esst / Sie essen
il / elle / on **mange**	er/sie/man isst	ils / elles **mangent**	sie essen

Nous **mangeons** des crêpes.

! *ranger* hat wie *manger* ein ***e*** in der *nous*-Form.

parler *sprechen*

je **parle**	ich spreche	nous **parlons**	wir sprechen
tu **parles**	du sprichst	vous **parlez**	ihr sprecht / Sie sprechen
il / elle / on **parle**	er/sie/man spricht	ils / elles **parlent**	sie sprechen

Ici, on **parle** français.

regelmäßiges Verb auf *-er*

! préférer *bevorzugen, lieber mögen*

je **préfère**	ich mag lieber	nous **préférons**	wir mögen lieber
tu **préfères**	du magst lieber	vous **préférez**	ihr mögt lieber / Sie mögen lieber
il / elle / on **préfère**	er/sie/man mag lieber	ils / elles **préfèrent**	sie mögen lieber

Je **préfère** aller au cinéma.

! Achte auf die Akzente: ***é*** bei *nous* und *vous*, ***è*** im Singular und bei *ils/elles*.

prendre *nehmen*

je **prends**	ich nehme	nous **prenons**	wir nehmen
tu **prends**	du nimmst	vous **prenez**	ihr nehmt / Sie nehmen
il / elle / on **prend**	er/sie/man nimmt	ils / elles **prennent**	sie nehmen

Vous **prenez** un dessert ?

prendre ist ein unregelmäßiges Verb. Lerne die Konjugation auswendig.

pouvoir *können*

je **peux**	ich kann	nous **pouvons**	wir können
tu **peux**	du kannst	vous **pouvez**	ihr könnt / Sie können
il / elle / on **peut**	er/sie/man kann	ils / elles **peuvent**	sie können

Tu **peux** acheter deux croissants ?

pouvoir ist ein unregelmäßiges Verb. Lerne die Konjugation auswendig.

! ______ *aufräumen*

je	______	nous	______
tu	______	vous	______
il / elle / on	______	ils / elles	______

Nous ______ l'appartement.

______ *erzählen*

je	______	nous	______
tu	______	vous	______
il / elle / on	______	ils / elles	______

Ils ______ des histoires.

______ *bleiben*

je	______	nous	______
tu	______	vous	______
il / elle / on	______	ils / elles	______

Aujourd'hui, je ______ à la maison.

______ *nach Hause gehen/fahren*

je	______	nous	______
tu	______	vous	______
il / elle / on	______	ils / elles	______

On ______ ensemble.

______ *wollen*

je	______	nous	______
tu	______	vous	______
il / elle / on	______	ils / elles	______

Ils ______ un chien.

______ *arbeiten*

je	______	nous	______
tu	______	vous	______
il / elle / on	______	ils / elles	______

On ______ beaucoup.

raconter *erzählen*

je	raconte	ich	erzähle	nous	racontons	wir erzählen
tu	racontes	du	erzählst	vous	racontez	ihr erzählt / Sie erzählen
il / elle / on	raconte	er / sie / man	erzählt	ils / elles	racontent	sie erzählen

Ils **racontent** des histoires.

regelmäßiges Verb auf *-er*

! **ranger** *aufräumen*

je	range	ich	räume auf	nous	rangeons	wir räumen auf
tu	ranges	du	räumst auf	vous	rangez	ihr räumt auf / Sie räumen auf
il / elle / on	range	er / sie / man	räumt auf	ils / elles	rangent	sie räumen auf

Nous **rangeons** l'appartement.

! *ranger* hat wie *manger* ein **e** in der *nous*-Form.

rentrer *nach Hause gehen/fahren*

je	rentre	ich gehe nach Hause	nous	rentrons	wir gehen nach Hause
tu	rentres	du gehst nach Hause	vous	rentrez	ihr geht / Sie gehen nach Hause
il / elle / on	rentre	er/sie/man geht nach Hause	ils / elles	rentrent	sie räumen auf

On **rentre** ensemble.

regelmäßiges Verb auf *-er*

rester *bleiben*

je	reste	ich	bleibe	nous	restons	wir bleiben
tu	restes	du	bleibst	vous	restez	ihr bleibt / Sie bleiben
il / elle / on	reste	er / sie / man	bleibt	ils / elles	restent	sie bleiben

Aujourd'hui, je **reste** à la maison.

regelmäßiges Verb auf *-er*

travailler *arbeiten*

je	travaille	ich	arbeite	nous	travaillons	wir arbeiten
tu	travailles	du	arbeitest	vous	travaillez	ihr arbeitet / Sie arbeiten
il / elle / on	travaille	er / sie / man	arbeitet	ils / elles	travaillent	sie arbeiten

On **travaille** beaucoup.

regelmäßiges Verb auf *-er*

vouloir *wollen*

je	veux	ich will	nous	voulons	wir wollen
tu	veux	du willst	vous	voulez	ihr wollt / Sie wollen
il / elle / on	veut	er/sie/man will	ils / elles	veulent	sie wollen

Ils **veulent** un chien.

vouloir ist ein unregelmäßiges Verb. Lerne die Konjugation auswendig.

★ **5** **Qu'est-ce qu'ils (ne) peuvent (pas) faire ? Qu'est-ce qu'ils (ne) veulent (pas) faire ? Forme les phrases. | Bilde die Sätze mit Formen von *pouvoir* oder *vouloir*.** ► Les verbes, p. 161

1

les garçons • jouer au foot

2

l'enfant • manger sa soupe

3

tu • fermer la porte, s'il te plaît

4

vous • jouer avec moi

5

je • manger du chocolat

6

nous • faire les crêpes sans œufs

1. Les garçons ne peuvent pas jouer au foot.
2. ______________________________
3. ______________________________
4. ______________________________
5. ______________________________
6. ______________________________

Vocabulaire et expression

6 **Trouve les expressions et écris-les.** ► Liste des mots, p. 201 ► Les mots pour le dire, p. 172

1. Wie fragst du jemanden, ob ihm ein Vorschlag gefällt?
2. Wie schlägst du jemandem vor, zusammen etwas zu unternehmen?
3. Wie sagst du jemandem „Geht klar!"?
4. Wie fragst du jemanden, um wie viel Uhr ihr euch trefft?
5. Wie sagst du, dass du etwas schade findest?
6. Wie sagst du, dass du gerne ins Kino gehen möchtest?

1. ______________ 4. ______________
2. ______________ 5. ______________
______________ 6. ______________
3. ______________ ______________

7 **Complète le dialogue. Attention, il y a une expression en trop !** ▶ Liste des mots, p. 201–202

on pourrait • ça marche • c'est gratuit • bonne idée • au secours • je voudrais bien • on se retrouve • c'est dommage • ça vous dit

Lili-Rose : Ce week-end, il y a un festival de danse.

________________________?

Gabin : Bof ! Je n'aime pas trop la danse.

Idriss : Moi non plus, la danse, ce n'est pas mon truc. Mais ce week-end, il y a un atelier de théâtre près de chez moi. Ça commence samedi à 15 heures.

Jeanne : C'est cher ?

Idriss : Non, ________________________.

Noé : ________________________ mais moi, ce week-end, je ne peux pas. Je suis chez ma mère.

Lili-Rose : ________________________ !

Mais nous quatre, samedi, ________________________ ________________________ faire un pique-nique à la Coulée verte et aller ensuite à l'atelier.

Jeanne : ________________________ !

Idriss : Oh oui, super ! J'apporte des fruits et du pain.

Lili-Rose : Et moi, j'apporte du fromage.

Gabin : ________________________ au parc à 13 heures ?

Jeanne : D'accord !

Lili-Rose : ________________________ !

Écouter et comprendre

8 **Écoute le message vocal de Tom, puis corrige les phrases.**

1. Tom ne peut pas aller au cinéma avec Léo mercredi parce qu'il est chez son grand-père.
2. Il peut aller au cinéma avec son ami samedi à 13 heures : le film passe encore.
3. Il veut manger chez son ami et aller ensuite au cinéma.
4. Il veut préparer une entrée, un plat et un dessert.
5. Il veut manger un gâteau au chocolat en dessert.

1. ________________________
2. ________________________
3. ________________________
4. ________________________
5. ________________________

Parler – Tandem

9 Du (B) bist in Paris mit deinen Eltern für ein verlängertes Wochenende. Du möchtest mit einem französischen Freund / einer französischen Freundin (A) etwas unternehmen. Du rufst ihn/sie an. Spielt den Dialog. A geht ans Telefon und fängt somit an.

La Coulée verte, à Paris

A

1. A : Dein Telefon klingelt, melde dich.
   B : Salut ! C'est (Alex). Je suis à Paris avec mes parents ce week-end.
2. A : Grüße zurück und frage, wie es B geht.
   B : Super ! Qu'est-ce que tu fais demain ? On pourrait faire quelque chose ensemble.
3. A : Du findest, es ist eine gute Idee. Du schlägst vor, ins Kino zu gehen. Es gibt Alad' 2 im *Grand Rex*. Der Film ist toll!
   B : Je n'aime pas trop aller au cinéma.
4. A : Du sagst, dass es ein Musik- und Theaterfestival auf der *Coulée verte* gibt. Du fragst, ob das B zusagt.
   B : Oui, j'adore la musique et le théâtre. C'est cher ?
5. A: Du verneinst und sagst, dass es kostenlos ist.
   B : On se retrouve où ?
6. A : Du sagst, B kann bei dir um Mittag vorbeikommen, ihr könnt zusammen essen und danach zum Festival gehen.
   B : Ça marche ! J'apporte quelque chose ?
7. A : Du verneinst und bedankst dich. Du fragst B, ob er/sie Gemüseauflauf mag.
   B : Oui, mais je n'aime pas les carottes.
8. A : Das geht klar! Du machst einen Auflauf ohne Karotten.
   B : Merci.
9. A : Du verabschiedest dich und sagst „bis Morgen".
   B : À plus !

B

1. A : Allô !
   B : Du begrüßt A und sagst, wer du bist. Du sagst, dass du dieses Wochenende mit deinen Eltern in Paris bist.
2. A : Ah, salut ! Ça va ?
   B : Es geht dir super! Du fragst A, was er/sie morgen macht. Ihr könntet etwas zusammen unternehmen.
3. A : Bonne idée ! On pourrait aller au cinéma. Il y a Alad' 2 au Grand Rex. Le film est super !
   B : Du sagst, du möchtest nicht so gerne ins Kino gehen.
4. A : Il y a un festival de musique et de théâtre à la Coulée verte. Ça te dit ?
   B : Du bejahst, du liebst Musik und Theater. Frage, ob es teuer ist.
5. A : Non, c'est gratuit !
   B: Frage, wo ihr euch trefft.
6. A : Tu peux passer chez moi, à midi, on mange ensemble et on va ensuite au festival.
   B : Das klappt! Frage, ob du etwas mitbringen sollst.
7. A : Non merci. Tu aimes le gratin de légumes ?
   B : Du bejahst, fügst aber hinzu, dass du Karotten nicht magst.
8. A : Ça marche ! Je fais un gratin sans carottes.
   B : Du bedankst dich.
9. A : Bon alors, salut et à demain !
   B : Du verabschiedest dich auch.

Jedes Jahr im Juni findet auf der Coulée verte das festival Coulée douce statt. Drei Tage lang bieten Straßenkünstler ein kostenloses Programm mit Darbietungen für jedes Alter und jeden Geschmack an. Es gibt Musik, Tanz, Artistik, Komik und viele Mitmach-Angebote.

Écrire

10 **Réponds à ce message. | Eine französische Freundin schreibt dir diese Nachricht. Du bist mit dem Vorschlag einverstanden und beantwortest die Nachricht. Schreibe mindestens 40 Wörter.**

Objet : Salut !

Salut ! Je suis en Allemagne avec des cousins. On est près de chez toi. Ce week-end, on veut faire un pique-nique. Qu'est-ce que tu fais samedi ? Ça te dit, un pique-nique ? On apporte du pain, du fromage, des chips, des fruits, des biscuits et de l'eau. On se retrouve à 13 heures devant le parc ? Salut ! À samedi ?
Lili

____

____

____

Médiation

11 **Tu veux aller au cinéma avec un ami français et ta cousine Klara. Ta cousine t'écrit un message. Lis le message et explique l'essentiel à ton ami. | Lies die Nachricht und erkläre deinem Freund das Wichtigste.**

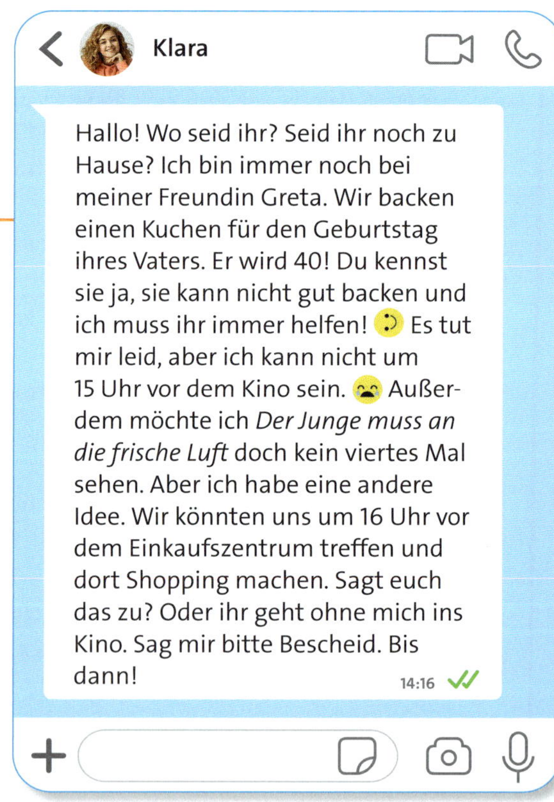
Klara

Hallo! Wo seid ihr? Seid ihr noch zu Hause? Ich bin immer noch bei meiner Freundin Greta. Wir backen einen Kuchen für den Geburtstag ihres Vaters. Er wird 40! Du kennst sie ja, sie kann nicht gut backen und ich muss ihr immer helfen! Es tut mir leid, aber ich kann nicht um 15 Uhr vor dem Kino sein. Außerdem möchte ich *Der Junge muss an die frische Luft* doch kein viertes Mal sehen. Aber ich habe eine andere Idee. Wir könnten uns um 16 Uhr vor dem Einkaufszentrum treffen und dort Shopping machen. Sagt euch das zu? Oder ihr geht ohne mich ins Kino. Sag mir bitte Bescheid. Bis dann! 14:16

Toi : ______________________________

____

____

____

____

____

____

____

____

____

____

____

Lire et comprendre

1 a **Lis la bédé et explique la scène en allemand.**

Achte auf die Gesichtsausdrücke!

Pain

Pico Bogue, Cadence infernale (tome VII), Dargaud 2014, page 4

passe-moi reiche/gib mir … **le croutch** *Fantasiewort* **garde ton uniforme sur la langue** → parle comme tout le monde **reste dans le troupeau** *etwa* tanz nicht aus der Reihe **va chercher la tarte aux abricots** geh und hol den Aprikosenkuchen / die Aprikosentarte **au lieu de t'exciter** anstatt dich aufzuregen **le zglouc** *Fantasiewort*

1 b Tu voudrais faire un pique-nique avec tes amis. Prépare un dialogue comme dans la BD, p. 104, pour le jouer en classe. Tu peux utiliser les éléments suivants. ► Méthodes, p. 157/23.1

Il y a __ • Va chercher __ • Est-ce que tu peux __ ? • Tu me passes __ ? • On dit __ • J'appelle ça __ • Tu parles comme tout le monde • Ça suffit ! • Qui veut __ ? • __

S'entraîner

2 a Les jeunes veulent faire un pique-nique. Complète par les formes du verbe *acheter*. ► Les verbes, p. 160

Yasmine : Qu'est-ce que vous apportez pour notre pique-nique ? Moi, j'__________ des tomates.

Pauline : Tu peux __________ du pain aussi ?

Tao : Nous __________ du fromage et du jambon. Ça va ?

Amir : Vous __________ des boissons aussi ?

Yasmine : Oui, Pauline et moi, on __________ les boissons.

Moi, j'__________ du coca et de l'eau et toi, Pauline, tu __________ du jus de fruits, d'accord ?

Pauline : D'accord ! Mais les garçons __________ du chocolat !

2 b Comparer les langues | **Finde in a, wie die Jugendlichen folgende unbestimmte Mengen angeben. Schreibe auf. Vergleiche die französischen und die deutschen Sätze. Was fällt dir auf?**

1. Kannst du Brot kaufen?
2. Ich kaufe Cola und Wasser.

3 **Kreuze an, ob es sich um eine bestimmte oder unbestimmte Menge handelt.**

	bestimmte Menge	unbestimmte Menge
1. J'achète des pommes.	☐	☐
2. Il faut un paquet de riz.	☐	☐
3. Tu achètes du pain ?	☐	☐
4. Il achète deux kilos de tomates.	☐	☐
5. On prend une bouteille de jus d'orange ?	☐	☐
6. Il faut aussi du beurre.	☐	☐
7. Vous achetez de la crème ?	☐	☐
8. On prend aussi deux gâteaux.	☐	☐

☆ **4** **Qu'est-ce qu'il y a sur la table de la cuisine ? Note.** ► Grammaire, p. 124/3

Il y a un paquet de

★ **5** Monsieur Delage fait ses courses au marché bio. Écoute, puis note ce qu'il achète (cinq choses).
► Grammaire, p. 124/3

Tu peux écouter plusieurs fois le dialogue.

____

____

____

____

____

Vocabulaire et expression

6 Tu es en France et tu fais des courses. Note comment on dit les choses suivantes en français.
► Les mots pour le dire, p. 172/5, p. 173/7

Wie fragst du,

1. wie teuer etwas ist? ______________________________
2. ob ihr genug Geld habt? ______________________________

Wie sagst du,

3. dass etwas kostenlos ist? ______________________________
4. dass etwas zu teuer ist? ______________________________

7 Vincent fait les courses. Qu'est-ce qu'il dit ? Sépare les mots et écris. | Trenne die Wörter voneinander und schreibe auf, was er sagt. Denke daran, die Satzzeichen zu setzen.

JEVOUDRAISUNPAQUETDEMADELEINESTROIS BOUTEILLESDEJUSD'ORANGECINQBAGUETTES UNKILODECHIPSETDIXQUICHESS'ILVOUS PLAÎT.

____

____

____

____

Vocabulaire et expression

1 **Qu'est-ce qui ne va pas ? Corrige. | Hier ist etwas durcheinander geraten. Korrigiere den Text.**

Pour le pique-nique, Marine apporte cinq biscuits, un paquet de jus de fruits, une bouteille de fromage, un peu de bananes et elle apporte aussi beaucoup de pain et 250 grammes de chips. Elle adore les chips !

2 **Trouve le contraire ou le mot opposé, puis récris les phrases. | Finde das Gegenteil oder den Gegensatz der unterstrichenen Wörter und schreibe die Sätze neu.** ▶ Liste des mots, p. 207

1. Le four est <u>chaud</u>. ______
2. La pâte est trop <u>sucrée</u>. ______

> Vorsicht!
> la forme = die Form, die äußere Gestalt
> le moule = die <u>Backform</u>
> Exemples :
> La forme des madeleines est bizarre.
> Le gâteau est encore dans le moule.

3. Elles sont <u>moches</u>, mes madeleines ! ______
4. La levure ? Elle est <u>derrière</u> toi ! ______
5. Le moule[1] est trop <u>grand</u> ! ______
6. La farine ? Elle est là, <u>à gauche</u> ! ______
7. Les pommes de terre ? Regarde <u>sous</u> la table. ______
8. Le truc, là, c'est <u>cher</u> ? ______
9. Ma sœur est <u>bonne</u> en cuisine ! ______
10. Tu prends <u>un peu</u> de lait pour la pâte ? ______

1 **le moule** die Backform

S'entraîner

3 a Tu entends ces nombres. Note-les en chiffres. ▶ Les nombres, p. 162

1. ______________________ 5. ______________________
2. ______________________ 6. ______________________
3. ______________________ 7. ______________________
4. ______________________ 8. ______________________

b À toi ! Dicte des nombres comme en a à ton/ta partenaire. Il/Elle les écrit en toutes lettres, puis en chiffres. Corrigez ensemble. ▶ Les nombres, p. 162

____

____

____

Écouter et comprendre

4 a Tu es sur Radio Jeunes. Écoute et coche les bonnes réponses.

1. C'est ☐ mercredi. ☐ vendredi. ☐ samedi.
2. On donne une recette ☐ de quiche. ☐ de macarons. ☐ de crêpes.

b Qu'est-ce qu'il faut pour la recette ? Écoute encore une fois et entoure les bons dessins.

c Qu'est-ce qu'il faut pour la recette ? Écris.

____

____

____

Écrire

5 **Tu reçois ce message d'un ami francophone. Réponds-lui. | Du bekommst diese Nachricht von einem französischsprachigen Freund. Antworte ihm.**

Objet : GÂTEAU

Salut ! Ça va ? Moi, ça va super bien ! J'ai beaucoup de devoirs pour le collège, mais l'ambiance est bonne dans ma classe et avec les copains, on rigole bien ! Vendredi, on fait un pique-nique avec le collège et je voudrais faire ton gâteau aux pommes. Il est trop bon. Miam ! Qu'est-ce qu'il faut pour ça ? À plus ! Matteo

Objet : RE : GÂTEAU

____

____

____

____

____

Médiation

6 **In einer französischen Jugendzeitschrift findest du einen Artikel (▶ S. 48) über das Essen auf den Antillen. Schreibe einem Freund, der mit seiner Familie eine Reise nach Guadeloupe unternehmen will, und kein Französisch kann, was ihn interessieren könnte. Du weißt, dass er Obst und Kokosnuss besonders gern isst.**

▶ Méthodes, p. 155/20

____

____

____

____

____

____

____

Spécialités des six continents

Comme chaque semaine, nous vous présentons une région du monde et ses spécialités culinaires. Aujourd'hui, nous allons aux Antilles, en Martinique et en Guadeloupe. Vous êtes prêts ? C'est parti !

Le climat des Antilles est tropical. Alors, partout, on trouve des légumes exotiques comme l'igname, le manioc, la christophine et la patate douce. On peut manger des accras de légumes, par exemple, ce sont des boulettes de légumes frites, ou des christophines farcies à la viande ou au crabe.

On trouve aussi beaucoup de fruits tropicaux : banane, ananas, mangue, carambole, pomme-cannelle, papaye, goyave, fruits de la passion, etc. On trouve aussi des produits comme le sucre de canne, le citron vert, la vanille et, bien sûr, la noix de coco. On fait des pâtisseries, de la crème, du flan et même de la confiture à la noix de coco.

Quand on visite les Antilles, il faut aller au marché, c'est toujours sympa. En plus, c'est l'endroit idéal pour découvrir les fruits et légumes de la région !

Difficulté :

: 20 minutes

: 15 minutes à 180°

Avec les jaunes d'œufs, vous pouvez faire une crème à la vanille, par exemple.

Aujourd'hui, nous vous donnons la recette des **ROCHERS À LA NOIX DE COCO**.

Pour six personnes, il faut :

- 150 grammes de sucre
- 200 grammes de noix de coco râpée
- 4 blancs d'œufs
- un peu de sel

1. Mélanger la noix de coco et le sucre.
2. Monter les blancs d'œufs en neige avec un peu de sel.
3. Ajouter les blancs au mélange sucre / noix de coco.
4. Faire des cônes de pâte.
5. Laisser les rochers pendant quinze minutes au four à 180°.

Im *Atelier d'écriture* trainierst du intensiv das Schreiben.

1 **Trouve les aliments qui riment avec les prénoms et continue le poème dans ton cahier.**

Amiel • Gabin • Gervaise • Reza • Agathe • Nicolas • Yolande • Martin • Matti • Mathieu • Charlotte • Meriem • Roberto • Océane

banane • carotte • chocolat • crème • fraises • gâteau • gratin • miel • pain • pizza • œufs • spaghettis • tomate • viande

Gabin veut manger du pain.
Charlotte veut manger une carotte.

2 **a** **Qu'est-ce qu'il faut faire pour organiser un pique-nique ? Note tes idées.**

Pique-nique : Quoi ? une quiche aux légumes, ____

Les courses : Où ? au supermarché, ____

Les courses : Quoi ? des tomates, ____

Rendez-vous[1] avec les amis : Où ? devant le supermarché, ____

Rendez-vous avec les amis : Quand ? samedi, à 15 heures, ____

1 **le rendez-vous** die Verabredung

b **Lucas et Marie s'écrivent des messages. Ils veulent organiser un pique-nique pour l'anniversaire de la sœur de Lucas. Imagine leurs messages et écris-les. Utilise ta liste de a. Tu peux utiliser les éléments suivants.**

je (ne) peux (pas) • on se retrouve __ • on pourrait __ • bonne idée ! • Bof ! • elle (n') aime (pas trop) / adore / déteste ça • on prend __ ? • qu'est-ce qu'il faut __ ? • ça fait combien ? on a assez d'argent ? • __

5 Fais le point

Hier überprüfst du, ob du die Redewendungen, die Vokabeln und die Grammatik der *Unité 5* beherrschst. Löse die folgenden Aufgaben ohne Hilfen und vergleiche deine Ergebnisse mit den Lösungen auf scook.de. ▶ Zugang siehe Seite 1

Wortschatz

1 **Note trois légumes, trois fruits, trois boissons, trois produits laitiers (*Milchprodukte*), trois produits à base de farine (*Mehlprodukte*) et trois produits sucrés. Écris dans ton cahier.**

Les mots pour le dire

2 **Tu es en France avec ta famille et tu écris à un ami français, Abdel. Écris les phrases dans ton cahier.**

1. Frage Abdel, was er morgen macht.
2. Schlage vor, ein Picknick zu machen.
3. Sage, dass du bei ihm um 11 Uhr vorbeikommst.
4. Sage, dass du Chips, Brot, Schinken und Obst mitbringst.
5. Frage ihn, ob er Getränke und Käse kaufen kann.

Die Verben *préférer* und *acheter*

3 **Complète les phrases par des formes des verbes *préférer* (*faire*) ou *acheter*.**

Léo : Les filles, qu'est-ce qu'on ____________________ pour le pique-nique ?

Marine : Moi, j'____________________ du jambon et deux baguettes. Et vous, vous ____________________ quoi ?

Omar : J'apporte un gâteau aux fruits. Vous ____________________ les pommes ou les fraises ?

Leïla : Moi, je ____________________ les fraises ! Mais Léo et Marine ____________________ les pommes…

Omar : Alors, j'apporte deux gâteaux !

Leïla : Cool ! Léo et moi, nous ____________________ du fromage et des boissons. Tu ____________________ les boissons et moi le fromage ou est-ce que tu ____________________ ____________________ le fromage ?

Léo : Non, non, c'est bon, j'apporte des boissons !

Die Verben *pouvoir* und *vouloir*

4 **Complète les phrases par des formes des verbes *pouvoir* ou *vouloir*.**

Léo : Où est-ce que vous ____________________ faire le pique-nique ? À la Coulée verte ?

Leïla : Bonne idée ! On se retrouve à midi, devant chez moi ?

Léo : Moi, je ne ____________________ pas être là à midi mais à 13 heures.

Leïla : Et vous, vous ____________________ être là à 13 heures ?

Marine : Oui, ça marche ! Omar, tu ____________________ apporter des jeux ?

Omar : Oui, pas de problème !

Léo : Omar et moi, nous ____________________ aller au cinéma à 16 heures. Ça vous dit aussi ?

Marine : Je ne ____________________ pas. Mes sœurs ____________________ faire quelque chose avec moi.

Omar : Elles ____________________ aller au cinéma avec nous !

Marine : Merci, mais on __________________ acheter quelque chose pour notre mère. Elle a 45 ans demain !

Der Teilungsartikel

5 **Qu'est-ce qu'il y a aujourd'hui à la cantine ? Raconte à ton ami. Utilise *du* ou *de la*. Écris dans ton cahier.**

Entrée :
soupe de légumes ou
salade de tomates

Plat :
poisson avec riz à la tomate ou
steak avec gratin de légumes

Dessert :
salade de fruits ou
crème au chocolat

Die Mengenangaben

6 **Maïssa et Lina, les sœurs d'Idriss, font les courses. Complète le texte.**

Elles vont au marché et elles achètent ___________________________________ 

.

Ensuite, elles vont au supermarché et elles achètent ___________________________________  et

___________________________________  .

C-Test : Cocktail

7 **Complète le dialogue.**

Lili-Rose et Jade sont au supermarché.

Lili-Rose : On ach_______ des bois_______ ?

Jade : On a d____ l'e______ à la mai_______, mais i____ faut d____ jus d____ fruits.

Lili-Rose : Ça suf_______, deux boute_______ de j______ ? ... Oh, i____ y a d____ jus d____ banane !

Jade : M______, je pré_______ le j______ d'ana_______ ! ... On pr_______ du jam_______ ?

Lili-Rose : Ça co_______ combien, l____ kilo ? ... 45 eu_______ ! Non, c'e______ trop ch______ !

Jade : Oh, i______ ont d______ madeleines ! O____ achète u____ paquet d____ madeleines ?

Lili-Rose : On pe______ faire d______ madeleines à l____ maison. J_______ la rec_______ de Gabin.

Module 5 : Joyeux anniversaire !

1 a **Retrouve les mois de l'année, puis écris-les dans le bon ordre.**

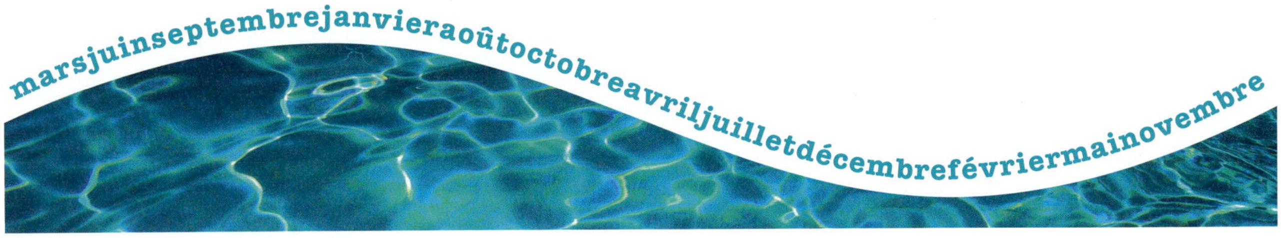

1. ____ 4. ____ 7. ____ 10. ____

2. ____ 5. ____ 8. ____ 11. ____

3. ____ 6. ____ 9. ____ 12. ____

b **C'est quand ? Réponds.**

1. Mon anniversaire, c'est ____
2. L'anniversaire de mon ami/e, c'est ____

2 a **Dalia fait une fête pour son anniversaire. Écoute la conversation entre les trois jeunes, puis complète les phrases. | Hör dir das Gespräch unter den drei Jugendlichen an und vervollständige die Sätze.**

1. L'anniversaire de Dalia, c'est ____
2. Elle fait une fête le ____
3. L'anniversaire de Nathan, c'est ____
4. Il ne fait pas de fête pour son anniversaire parce que ____
5. L'anniversaire d'Élisa, c'est ____
6. Élisa fête Noël[1] chez ses grands-parents, alors, elle ____
7. Pour sa fête, Dalia veut aller ____, faire une soirée barbecue[2] et ____.

1 Noël Weihnachten **2 une soirée barbecue** ein Grillabend

b **Qu'est-ce que les amis de Dalia apportent pour l'anniversaire ? Coche.**

1  ☐
2  ☐
3  ☐
4  ☐
5 

☐
6 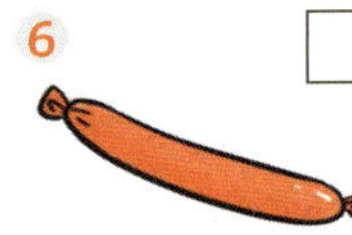 ☐

3 a Qu'est-ce que Florent veut faire pour son anniversaire ? Note.

Pour son anniversaire, Florent veut faire un gâteau, ______________

____

____

____

____

b Et toi, qu'est-ce que tu veux faire ? Trouve des idées et note.

Pour mon anniversaire, je veux ______________________________

____

____

4 a Remplace les dessins par des mots et trouve le bon ordre du dialogue. Note (1–12). | Ersetze die Bilder durch Wörter und stelle die richtige Reihenfolge des Dialogs wieder her.

- [ ] – Il adore les  ______________.
- [ ] – Ce n'est pas une bonne idée... Les  ______________, ce n'est pas son truc. Il préfère les  ______________. Et un  ______________, c'est trop cher.
- [1] – Est-ce que tu as déjà un  ______________ pour Mathéo ?
- [ ] – C'est samedi et il fait une  ______________.
- [ ] – Oui, mais qu'est-ce qu'on achète ? Qu'est-ce qu'il aime ?
- [ ] – Ah oui, c'est vrai ! On pourrait faire un  ______________ ensemble ?
- [ ] – Cool ! Alors, on achète un  ______________ !
- [ ] – Oui, c'est sympa. On se retrouve demain à  ______________ chez moi ?
- [ ] – Alors, on achète un  ______________ sur les chats.
- [ ] – Super ! Et on fait un  ______________. Ça te dit ?
- [ ] – Ça marche ! À demain !
- [ ] – Non ! C'est quand, son  ______________ ?

b Maintenant, écoute et vérifie tes réponses. | Hör dir den Dialog an und überprüfe deine Antworten.

Module 6 : Une carte postale

▸ p. 134

1 **Lis les cartes postales, p. 134, puis réponds aux questions.**

1. Qu'est-ce qu'Idriss fait en Auvergne ? Coche les trois dessins correspondants.

1  ☐
2  ☐
3  ☐
4  ☐
5  ☐
6  ☐

2. Pourquoi est-ce qu'il reste à la maison aujourd'hui ? Coche le bon dessin.

1 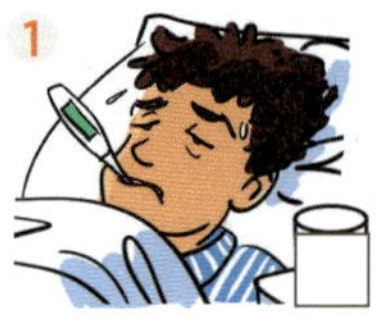 ☐
2  ☐
3  ☐

3. Qui va passer à Murat le 16 juillet ? ______________________________

4. Pourquoi est-ce que Lili-Rose ne va pas à la plage l'après-midi ? Coche la bonne réponse.

☐ a Parce qu'il fait trop chaud.
☐ b Parce qu'il y a trop de touristes.
☐ c Parce qu'elle fait la cuisine avec sa grand-mère.

5. Qu'est-ce que Lili-Rose va faire ce week-end ? Coche les deux bonnes réponses.

☐ a Elle va jouer sur son portable pendant trois jours.
☐ b Elle va faire une balade sur le volcan.
☐ c Elle va faire des photos.
☐ d Elle va rester à la maison.

6. Qui va faire du camping avec sa famille ? Coche la bonne réponse.

☐ a Gabin ☐ b Lili-Rose ☐ c Jeanne ☐ d Idriss

2 a **C'est le 24 juillet. Écoute. Qui peut faire une balade au soleil aujourd'hui ? Coche.**

☐ Jeanne et Gabin

☐ Lili-Rose

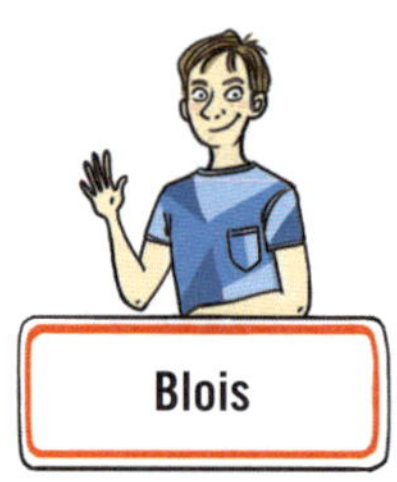

☐ Noé

☐ Idriss

b **Quel temps fait-il ? Note une phrase sous chaque dessin.**

1 
2 

3 

1 ______________ 2 ______________ 3 ______________

Der Badeort Les Sables-d'Olonne liegt am Atlantik und ist bekannt für seine breiten Sandstrände. Dort startet und endet die Vendée Globe Segelregatta, deren Teilnehmer in rund 80 Tagen um die Welt segeln.

3 Fais les mots croisés. | Löse das Kreuzworträtsel. ► Liste des mots, p. 205–206

Adèle veut téléphoner. Elle cherche son 1.

Je voudrais faire un 2 à Jean.

Tu restes 3 en Auvergne ?

L'escalade, je trouve que c'est 4.

Cem adore faire du camping et être 5.

Tu préfères la 6 ou la 7 pour aller en vacances ?

8, on mange un gratin de légumes et après, il y a un dessert.

Mes parents font une 9 de quatre heures.

Aujourd'hui, il y a du 10 et il fait chaud.

À 11, j'espère !

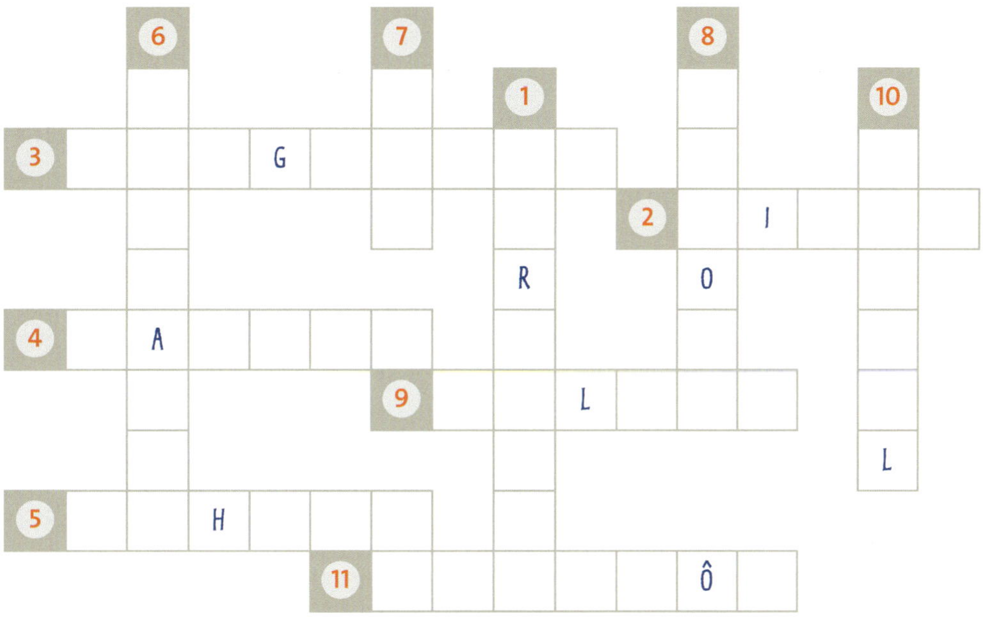

4 Réviser : Où est-ce qu'ils vont ? Complète les phrases par les formes du verbe *aller* au présent.

1. Lili-Rose ________________ à la plage.
2. Les enfants ________________ dans le jardin.
3. Nous ________________ en ville.
4. Vous ________________ au parc.
5. Et moi, je ________________ où ?
6. Toi, tu ________________ dans ta chambre.

5 Qu'est-ce qu'ils font maintenant ? Qu'est-ce qu'ils vont faire demain ? Complète par des formes au présent et au futur composé. ► Les verbes, p. 160

1. Maintenant, Idriss ____________________ une balade. Demain, il ____________________ le Tour de France. (faire / regarder)
2. Maintenant, les enfants ____________________ sur leur lit. Demain, ils ____________________ de l'escalade. (rêver / faire)
3. Maintenant, nous ____________________ une fête. Demain, nous ____________________ l'appartement. (organiser / ranger)
4. Maintenant, je ____________________ un livre. Demain, je ____________________ le livre. (commencer / terminer)

☆ **6** **Olivia chatte avec ses copines. Complète leur chat par des formes au futur composé.** ▶ Grammaire, p. 125/7

Vacances !

Olivia
Les filles, qu'est-ce que vous ____________________ pendant les vacances ? (*faire*)
11:45

Nour
Avec ma famille, nous ____________ ____________ Djerba, en Tunisie. Mais nous ____________________ ____________________ beaucoup de temps à Djerba. Après, nous ____________________ chez mes grands-parents, à Tunis. (*visiter / ne pas passer / aller*)
11:53

Agathe
Moi, je ____________________ à Paris. J'espère qu'il ____________ ____________ froid ! Et toi, Olivia, qu'est-ce que tu ____________ ? (*rester / ne pas faire / faire*)
12:11

Olivia
Je ____________ trois semaines chez des cousins en Auvergne. On ____________________ de l'escalade ensemble. Mes cousins ____________ ____________ du VTT aussi, mais moi, je n'aime pas ça. (*passer / faire / faire*)
12:13

7 **Dein/e neue/r Nachbar/in (B) kommt aus Frankreich und kann noch nicht so gut deutsch. Du (A) unterhältst dich mit ihm/ihr über eure Pläne für das Wochenende. Verwendet das *futur composé*.** ▶ Grammaire, p. 125/7

A

1. A: Begrüße B und frage, was er/sie an diesem Wochenende machen wird.
   B : Je vais aller au terrain de sport avec mes frères et sœurs.
2. A: Hake nach, was sie auf dem Sportplatz tun werden.
   B : Nous allons / On va jouer au basket et nous allons / on va écouter de la musique.
3. A: Frage, ob B auch in die Stadt gehen wird.
   B : Oui, mais je ne vais pas faire les courses. Et toi, qu'est-ce que tu vas faire ce week-end ?
4. A: Sage, dass du zunächst lange im Bett bleiben wirst.
   B : Est-ce que tu vas regarder des films au lit ?
5. A: Bejahe und sage, dass du danach mit deinen Freunden chatten wirst, aber dass du nicht dein Zimmer aufräumen wirst.
   B : Moi non plus. À lundi !

B

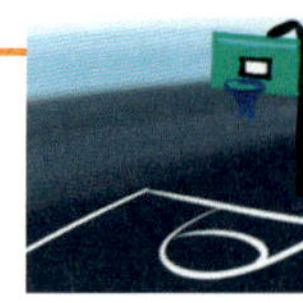

1. A : Salut ! Qu'est-ce que tu vas faire ce week-end ?
   B: Sage, dass du mit deinen Geschwistern zum Sportplatz gehen wirst.
2. A : Et qu'est-ce que vous allez faire au terrain de sport ?
   B: Berichte von euren Plänen: Ihr werdet Basketball spielen und Musik hören.
3. A : Est-ce que tu vas aller en ville aussi ?
   B: Bejahe und betone, dass du aber nicht einkaufen wirst. Frage dann zurück, was A am Wochenende machen wird.
4. A : D'abord, je vais rester longtemps au lit.
   B: Frage, ob A im Bett Filme schauen wird.
5. A : Oui, et après, je vais chatter avec mes copains. Mais je ne vais pas ranger ma chambre !
   B: Sage, du auch nicht. Verabschiede dich: bis Montag.

☆ **8** Une carte postale de Slimane. Retrouve ce qu'il a écrit, puis récris la carte postale.

Chers|parents,|
Lesvacancesicisontcool !L'ambianceestb
onneetj'aidéjàuncopain.Ils'appelleIdris
s.OnfaitdesbaladesàVTTetdel'escala
de.Lesvolcansd'Auvergnesontsuper !A
ujourd'hui,ilpleutetilfaitfroid,alors,onjo
ueàdesjeux.Demain,leTourdeFrancev
apasserici,c'estsuper !Etvous,çavaàl
amaison ?Vousnetravaillezpastrop ?Sa
lut !Slimane

M. et Mme Salah
5, rue Blanche
75018 PARIS

★ **9** a Chloé écrit à ses parents. Complète la carte postale. | Vervollständige Chloés Postkarte, indem du zunächst die Zeichnungen in Wörter „übersetzt“ (gelbe Lücken).

_____ _____

La colo[1] en Vendée est _____  ! _____, on va à la _____  et on fait des jeux. _____, on fait un pique-nique avec des _____  et des salades.

_____, il fait trop _____ , alors, on rentre pour _____ .

_____, on peut faire des ateliers : cuisine, danse, techno, ... Moi, je fais du _____  !

_____, on reste longtemps dehors et on fait de la _____  ensemble.

_____, _____ , c'est dommage. J'espère qu'il va _____ 

_____ parce qu'il y a un spectacle au bord de la _____  ! Et vous, ça va ?

_____, Chloé

1 **la colo / la colonie de vacances** das Feriencamp

b Ergänze folgende Zeit- und Strukturwörter, damit der Text leichter lesbar wird (orange Lücken):

aujourd'hui • demain • le matin • l'après-midi • le soir • après • parfois

c Ergänze einen Ort und ein Datum, die Begrüßung und die Verabschiedung (graue Lücken).

d Überprüfe, ob alle Vorgaben der *fiche d'écriture* auf Seite 136 in deinem Buch erfüllt sind.

10 Comparer les langues : Zoé passe ses vacances en Italie et Max passe ses vacances en Espagne. Lis les noms et retrouve comment on dit cela en français. ► Liste des mots, p. 205–206

1 le vacanze
2 il tempo
3 il sole
4 il mare
5 la spiaggia
6 la montagna
7 il vulcano
8 la cartolina

1 las vacaciones
2 el tiempo
3 el sol
4 el mar
5 la playa
6 la montaña
7 el volcán
8 la postal

____

____

Conseil de famille chez les Morel

C'est bientôt les vacances. Pour Monsieur Morel, le père de Gabin, c'est le moment : il organise un conseil de famille. Le conseil de famille, c'est une tradition chez les Morel. Les parents et les trois enfants sont là. M. Morel pose sa question préférée.

Mais la réponse est toujours un peu compliquée. Le père, la mère et les enfants ne sont pas toujours d'accord et souvent, ils discutent, ils discutent, ils discutent longtemps.

La mère de Gabin aime l'eau et le soleil. Le problème des vacances pour elle : est-ce qu'elle veut d'abord nager dans la mer ou d'abord bronzer sur la plage ? En vacances, elle veut surtout être tranquille et profiter de l'été.

Le père de Gabin est fan de trains. TGV, train régional, locomotive à vapeur, pour lui, les vacances, c'est prendre le train ! Mais avec la famille et les affaires de camping pour cinq personnes, c'est compliqué ! Alors, il prend seulement des trains touristiques. Ses trains préférés sont les trains à vapeur. Il adore traverser les régions de France dans un train à vapeur !

Arthur, 7 ans, veut visiter un maximum de châteaux. Son rêve : habiter dans un château et avoir la vie d'un chevalier. Arthur a beaucoup d'imagination.

Hugo, 9 ans, aime faire du sport et des compétitions. Il aime les balades en VTT (50 kilomètres sans problème !), il adore faire de l'escalade (surtout à la montagne) ou du canoë (à la montagne aussi parce que ça va vite !). Il veut toujours être le premier partout !

le conseil de famille der Familienrat **les Morel** die Morels (Gabins Familie) **cette année** dieses Jahr **nager** schwimmen **bronzer** sich bräunen **être tranquille** seine/ihre Ruhe haben **profiter de qc** etw. genießen **le TGV (Train à Grande Vitesse)** *französischer Hochgeschwindigkeitszug* **à vapeur** Dampf- **le chevalier** der Ritter

Et Gabin ? Gabin aussi a ses idées… Il aime les sciences et les jeux vidéo, alors son rêve, c'est d'aller au Futuroscope, un parc d'attractions sur le thème des sciences et du futur ! Au Futuroscope, on peut faire des loopings de folie, il y a des tonnes d'effets spéciaux et il y a même une discothèque avec des robots ! Mais chut ! Gabin ne veut pas encore parler du Futuroscope à ses parents. Il a une tactique. Il veut d'abord présenter son plan. Son plan est génial.

Gabin regarde ses feuilles. Il est très bien préparé. Il a tout : les noms des villes et des villages, les distances entre les endroits, les horaires des trains, les adresses des clubs de sport… et bien sûr le prix d'entrée du Futuroscope, mais le Futuroscope, c'est encore un secret. Il explique :

« Voilà mon idée. D'abord, on va à Chambord. Chambord, c'est LE château des rois de France. C'est un château de rêve ! Arthur va adorer ! Il est à côté de Blois, ce n'est pas loin de Paris : 180 kilomètres. Il faut deux heures en voiture. » Et en secret, Gabin pense : « Et comme ça, je pourrais faire coucou à Noé et Bandit à Blois ! »

« Ensuite, on va à Mortagne-sur-Sèvre, en Vendée. C'est à 215 kilomètres de Chambord. Là, il y a un train à vapeur. Le parcours est très joli. Le train passe dans des tunnels et sur des ponts, c'est super pour Papa ! Mais on peut aussi visiter la région en canoë. Il y a un parcours de 30 kilomètres sur la rivière. C'est sportif. Hugo va adorer ! » Et en secret, Gabin pense : « Moi, le canoë, ce n'est pas mon truc, mais je pourrais rester au bord de l'eau et filmer la scène avec mon drone ! »

« Après Mortagne-sur-Sèvre, on va aux Sables-d'Olonne. C'est à 100 kilomètres, au bord de l'océan Atlantique. La plage est jolie et très grande, la mer est chaude, Maman va adorer et il y a un camping super. » Et en secret, Gabin pense : « En plus, Jeanne et ses parents passent leurs vacances aux Sables-d'Olonne ! C'est trop cool ! ! »

Alors ? Ça vous plaît ?
Vous aimez mon plan ?

de folie *fam.* Wahnsinns- **les horaires** *m. pl.* die Fahrzeiten **le prix d'entrée** der Eintrittspreis **le roi / la reine** der König / die Königin **le parcours** die Strecke **le pont** die Brücke **Ça vous plaît ?** Gefällt euch das?

Arthur et Hugo sont enthousiastes. Les parents aussi trouvent les idées de Gabin intéressantes. Mais ils ne sont pas encore tout à fait d'accord.

enthousiaste *adj.* begeistert **tout à fait** ganz **penser à qn/qc** an jdn/etw. denken **content/contente** *adj.* zufrieden **si** wenn **la route du retour** der Rückweg

Lecture

1 **Lis le début de l'histoire à la page 122 et réponds aux questions : de qui et de quoi est-ce qu'on parle ? Note.**
▶ Méthodes, p. 154/18

____

2 a **Relis le texte de la ligne 1 à la ligne 30. Qu'est-ce que les parents de Gabin et ses frères aiment faire pendant les vacances ? Note.**

Mme Morel : ______________________________

M. Morel : ______________________________

Arthur : ______________ Hugo : ______________

b **Et Gabin ? Son rêve, qu'est-ce que c'est ? Note.**

____

3 a **Lis les lignes 31 à 53. Quels endroits est-ce que Gabin propose et pourquoi ?**

Gabin propose Chambord, parce que ______________________________

____

b **Et Gabin ? Qu'est-ce qu'il veut faire à ces endroits ? Coche les bons dessins. Il y a deux dessins en trop.**

c **Retrouve le parcours de la famille Morel sur une carte.** | Verfolge die Reiseroute, die Gabin seiner Familie vorschlägt, mithilfe eines Online-Routenplaners. Wie lang ist die Strecke insgesamt? Kreuze an.

Trage die Orte, die die Morels ansteuern möchten, in die Suchfelder ein. Dabei können dir folgende Postleitzahlen nützlich sein: 41250, 75012, 85100, 85290, 86360

☐ 800–950 km ☐ 950–1000 km ☐ 1000–1150 km ☐ 1150–1250 km

4 a **Lis le texte à la page 124. Comment est-ce que la famille de Gabin réagit ? Relie.** | Wie reagiert Gabins Familie auf seinen Vorschlag? Verbinde. Ein Smiley bleibt übrig.

 Arthur et Hugo  Mme Morel  M. Morel 

b **Imagine : tu es Gabin et tu écris un petit message à Jeanne.** | Schreibe aus der Sicht von Gabin eine kurze Nachricht an Jeanne. Schreibe in dein Heft.

Le jeu des vacances

Règles du jeu
Spielregeln

Ihr könnt dieses Spiel zu dritt, zu viert oder zu fünft spielen.
In jeder Gruppe übernimmt ein/e Spieler/in die Rolle des Spielleiters / der Spielleiterin.
Zum Spielen braucht ihr: einen Würfel, einen Stein (oder einen Knopf) pro Spieler/in.
Die Spieler decken die Seite mit den Lösungen ab und haben das Spielbrett vor sich (► S. 64), der/die Spielleiter/in hat die Fragen und die Lösungen vor sich. (► hier unten)
Ihr würfelt der Reihe nach. Der/Die Spielleiter/in liest die entsprechende Frage vor und überprüft die Antwort mit Hilfe der Lösungen. Ist eine Antwort nicht richtig, so kehrt der/die Spieler/in zu seinem/ihrem Ausgangsfeld zurück. Wer als Erste/r am Reiseziel angekommen ist, hat gewonnen.

Plage : Les mots pour le dire

	Questions	Réponses
1	Du fragst einen neuen Schüler nach seinem Namen.	Tu t'appelles comment ?
2	Du fragst jemanden nach seinem Alter.	Tu as quel âge ? / Vous avez quel âge ?
3	Du sagst, dass du in Deutschland wohnst.	J'habite en Allemagne.
4	Du fragst Freunde, was sie heute vorhaben.	Qu'est-ce que vous faites aujourd'hui ?
5	Du gratulierst jemandem zum Geburtstag.	Joyeux anniversaire !
6	Du sagst, dass du Hunger hast.	J'ai faim.
7	Du sagst, dass du Hunde magst, dass du aber Katzen lieber magst.	J'aime (bien) les chiens mais je préfère les chats.
8	Du fragst deinen Lehrer, ob er etwas wiederholen kann.	Monsieur, vous pouvez répéter, s'il vous plaît ?

Globe : Grammaire

	Questions	Réponses
1	Wie lautet die 2. Person Plural des Verbs „*faire*" im Präsens?	vous faites
2	Buchstabiere „*nous mangeons*".	m-a-n-g-e-o-n-s
3	Verneine den Satz: „*J'aime les spaghettis.*"	Je n'aime pas les spaghettis.
4	Wie sagst du auf Französisch: „Léa ist meine Freundin."?	Léa est mon amie.
5	Wie lauten die 1. Person Singular und die 1. Person Plural des Verbs „*être*" im Präsens?	je suis, nous sommes
6	Setze den Satz in den Plural: „*Mon frère veut faire une balade.*"	Mes frères veulent faire une balade / des balades.
7	Wie lautet die Frage zum Satz: „*Je vais au collège* ***à huit heures.***"?	À quelle heure est-ce que tu vas au collège ?
8	Sage auf Französisch: „Morgen werde ich zu meinen Großeltern gehen."	Demain, je vais aller chez mes grands-parents.

Feu d'artifice : La France et les Français

	Questions	Réponses
1	La Coulée verte est super pour les fans de a sciences b pâtisserie c nature	c nature
2	C'est l'endroit où les enfants mangent à midi à l'école.	la cantine
3	C'est le quartier des copains à Paris.	le quartier Bastille
4	Bruxelles est en France. Vrai ou faux ?	faux : C'est en Belgique. / *Brüssel liegt in Belgien.*
5	SVT, qu'est-ce que ça veut dire ?	Sciences de la Vie et de la Terre
6	Tu es en France et tu réponds au téléphone. Qu'est-ce que tu dis ?	Âllo ?
7	Pomme : a fait du foot b chante c fait du théâtre.	b chante
8	Wie heißt *der/die Schulbetreuer/in* auf Französisch?	le/la CPE

Plage
Les mots pour le dire
Tu réponds à une question.

Globe
Grammaire
Tu réponds à une question de grammaire.

Feu d'artifice
La France et les Français
Tu réponds à une question sur la France et les Français.

Ce sont les vacances !
Tu passes un tour.
Du setzt einmal aus.

Tu aimes les Pyrénées
Tu avances de deux cases.
Du rückst zwei Felder vor.

C'est moi!

- Je m'appelle ______________ et j'ai __________ ans.
- Je suis en __________ au collège ______________.
- Je parle ______________.

Fehlen dir Angaben, um über dich und deine Familie zu sprechen? → S. 168–170 in deinem Französischbuch

J'habite…
- à ______________.
- avec mes parents.
- avec mon père / ma mère.
- avec mes frères et sœurs.

J'ai…
- un frère. Il est petit.
- une sœur. Elle est petite.
- Je n'ai pas de frères et sœurs.

Mon animal / Mes animaux:
- J'ai…
  - un grand chien.
  - un joli chat.
  - des poissons.
  - un petit lapin.
  - un rat.
- Je n'ai pas d'animal.
  - J'ai une allergie.

Il est chou!

Ils sont drôles.

Mon look:
- Je suis…
  - grand/grande.
  - petit/petite.
  - joli/jolie.

Et toi?
Tu t'appelles comment?
Tu habites où?
Tu es comment?
Qu'est-ce que tu aimes?
Raconte! À plus!

J'aime…
- Je n'aime pas…
  - les vacances.
  - le collège.
  - faire la fête.
  - le chocolat.
  - la pizza.
- Et toi?
  - J'adore la salade parce que je suis végétarien/végétarienne.
  - Je déteste le potiron.

J'adore le sport. / Je ne fais pas de sport.
- Ma sœur et moi, on fait du foot.
- Je fais
  - du (tennis)
  - de la (danse).
- Je déteste le sport.

J'aime chanter.
- Mon chanteur préféré / Ma chanteuse préférée, c'est ______________.
- Mon groupe préféré, c'est ______________.
- Je voudrais faire de la guitare, mais je n'ai pas de guitare…

Ma fête préférée, c'est…
- mon anniversaire!
- (Noël / Aïd el-Fitr / Yom Kippour / Norouz / Pâques / la fête du printemps).
- ______________.

Mon caractère:
- Je suis / Je ne suis pas…
  - cool.
  - sympa.
  - drôle.
- J'aime (rigoler).
- J'adore (chanter), mais je déteste le (hip-hop).

grand/grande	<->	petit/petite
triste	<->	drôle
moche	<->	joli/jolie
blanc/blanche	<->	noir/noire

Au collège

Parle de toi !

- Je suis au collège ________.
- Je suis en (cinquième/quatrième).
- Dans ma classe, il y a ________ élèves.

Notre emploi du temps

- On commence toujours à (8) heures.
- On termine souvent à (16) heures.
- Nous avons deux heures (de français / d'allemand).
- Les maths, c'est ma matière préférée.
- Et toi?.
  - Ma matière préférée, c'est (l'allemand) (parce qu'on regarde souvent des vidéos).

Comment est-ce que tu trouves ton emploi du temps ?

- Mon emploi du temps est super.
- J'ai de la chance parce que je commence à 9 h le mardi et le jeudi.
- On termine à 12 h le vendredi.
- Le (jeudi), c'est ma journée préférée (parce que j'ai arts plastiques et musique).

- Mon emploi du temps n'est pas cool.
- Nous commençons toujours à 8 h, c'est nul.
- Je n'aime pas notre emploi du temps parce qu'on termine souvent à seize heures.
- À mon avis, on travaille trop.
- Nous n'avons pas assez de récréations.
- Le (mardi), c'est ma journée cauchemar (parce que j'ai maths et SVT).

Dans notre collège,...

- il y a un club de (musique/drones). — Je pense que le club de (drones) est cool.
- il y a beaucoup de clubs. — On a de la chance !
- il n'y a pas de club de théâtre. — C'est dommage !
- il y a trop d'élèves dans les classes. — C'est nul !
- on n'a pas assez de tablettes. — C'est la cata.
- On a trop de devoirs. — Ce n'est pas cool.
- Notre prof de (maths) explique bien. — C'est super !

Dans mon collège, il y a...

- des salles de classe.
- un gymnase.
- une cantine.
- une salle des profs.
- une salle de permanence.
- un CDI.
- une cour.
- un terrain de (foot/basket).
- un ascenseur.
- des toilettes.

Je voudrais...

- (un terrain de basket dans la cour).
- Et toi ?
  - Je suis pour/contre... parce que...

Les matières

le français, l'anglais, l'allemand, les maths, les sciences physiques, la technologie, les SVT, l'histoire-géo, l'EPS, les arts plastiques, la musique

Les jours de la semaine

lundi, mardi, mercredi, jeudi, vendredi, samedi, dimanche

Qu'est-ce qu'on mange ?

Quel est ton plat préféré ?

- Mon plat préféré, …
  - les spaghettis.
  - ce sont les crêpes. Et toi ?
- J'aime le steak avec des frites.
- J'adore les pâtes avec du fromage.
- Moi, je préfère la pizza.

Qu'est-ce que tu aimes ?

- Je mange souvent…
  - de la pizza.
  - de la viande.
  - du poisson.
  - **des** pâtes.
  - **des** frites.
- Nous mangeons…
  - de la salade.
  - du fromage.

Qu'est-ce que tu n'aimes pas ?

- Je ne mange pas **de** viande.
  - Je suis végétarien/végétarienne.
- Je ne mange pas **de** baguette.
  - J'ai une allergie.

le menu

Comme entrée, il y a…
- de la soupe de tomates
- de la salade de carottes

Comme plat, il y a…
- du poisson avec du riz
- des pâtes avec des légumes

Comme dessert, il y a…
- du gâteau au chocolat
- de la salade de fruits

Qu'est-ce que vous prenez ?

- Moi, je prends…
  - le poisson.
  - les pâtes.
  - un coca.
  - de l'eau.

Moi, je prends…

- un verre de lait
- une bouteille d'eau
- un paquet de farine

À table !

- On mange !
- Je mets la table ?
  - Oui, s'il te plaît !
- J'arrive !
- Bon appétit !
- J'ai soif !
  - Tu me passes l'eau, s'il te plaît ?
    - Merci !
- J'ai faim ! <-> Je n'ai plus faim.
- Voilà c'est prêt !
- Miam ! C'est bon !
- Beurk ! Ce n'est pas bon.
  - Il y a trop de sel.
  - Il n'y pas assez de sucre.

prendre	nehmen
je prends	nous prenons
tu prends	vous prenez
il/elle/on prend	ils/elles prennent

On fait un truc ensemble ?

une invitation

Salut ! Samedi, il y a un match de foot. Je voudrais aller au stade. Ça te dit ?

Merci pour ton invitation.

On pourrait faire un truc ensemble ! / Tu as une idée ?

- Qu'est-ce que tu veux faire ?
- Est-ce que tu veux aller au stade samedi ?
- J'ai une idée ! On pourrait…
  - écouter de la musique.
  - faire de la danse.
  - faire du sport.
  - faire du shopping.
  - faire du skate ensemble.
- Tu es d'accord ?

Je veux regarder un film.

On va où ?

On va…
- à la piscine.
- au cinéma.
- au skatepark.
- à l'atelier de danse.
- aux Halles.

aller/être…

à + le → au
à + la = à la
à + l' = à l'
à + les → aux

Ça te dit ?
Ça vous dit ?

Rendez-vous à quelle heure ?

- Maintenant ? Je ne peux pas…
- Rendez-vous à (trois) heures à la station de métro.

À plus ! / Salut ! / Bisous

(accepter)

- Bonne idée ! Je voudrais regarder le match.
- Un match de foot, c'est génial !
- Cool ! C'est super !
- Ça marche !
- D'accord ! / C'est d'accord !

COOL

Je suis désolé/désolée, …

- mais je ne peux pas ce week-end.
- je ne suis pas là. Je suis chez (mon père / ma mère).
- je ne peux pas parce que j'ai mon cours de guitare.
- j'ai trop de devoirs. C'est dommage.
- (le foot), ce n'est pas mon truc.
- je n'ai pas envie.
  - Pourquoi pas ?

Mais…

- on pourrait faire un truc ensemble dimanche.
- dimanche, on pourrait faire du skate ensemble.

On fait la fête !

une invitation

JE T'INVITE

- **Quand ?** Samedi 12 octobre à 15 heures
- **Où ?** Chez moi, (12, rue de la Gare).
- **Qu'est-ce qu'on fait ?** On fait de l'escalade et du basket. On pourrait aussi faire de la musique.
- **Apporte :** des vêtements de sport et ta guitare.

Je compte sur toi !

- Joyeux anniversaire !
- Je t'invite !
- Pourquoi tu n'invites pas Elif ?
- Parce qu'Elif n'est pas là.

C'est quand, ton anniversaire ? / C'est quand, l'anniversaire de (Paul) ?

C'est le…

1er premier
2 deux
3 trois
4 quatre
…
30 trente
31 trente-et-un

les mois	les saisons (Jahreszeiten) C'est …
janvier, février, mars	au printemps
avril, mai, juin	en été
juillet, août, septembre	en automne
octobre, novembre, décembre	en hiver

les jours de la semaine

- lundi
- mardi … c'est mon anniversaire
- mercredi
- jeudi … je fais une fête
- vendredi
- samedi } le week-end
- dimanche } le week-end

faire machen	
je fais	nous faisons
tu fais	vous faites
il/elle/on fait	ils/elles font

! Die Konjugation der anderen Verben findest du hinten in deinem Französischbuch, S. 160–161.

Qu'est-ce qu'on fait ?

On fait…
- de la trottinette.
- du camping.
- de l'escalade.
- des pizzas.

On pourrait aussi…
- écouter de la musique.
- regarder un série.
- jouer à Minecraft.

Qu'est-ce que tu achètes comme cadeau ?

- Je ne sais pas. Tu as une idée ?
- Il/Elle adore le foot et le chocolat.

On pourrait…
- faire un cadeau ensemble.
- faire un gâteau au chocolat.
- acheter un maillot de foot.

Ça coûte combien ?
- Ça coûte 50 €. – Ah non, c'est trop cher !
- Ça fait 10 €. – Ça marche !

Les activités

faire…

- de la trottinette
- de l'escalade
- du skate
- de la danse
- du tennis
- du basket
- du foot
- du VTT

- jouer à Minecraft
- jouer sur son portable
- chatter avec des amis
- surfer sur Internet

- regarder une série / une vidéo
- regarder un film
- regarder un match
- écouter de la musique
- écouter un concert

- faire de la musique
- chanter
- bricoler
- dessiner
- faire du théâtre
- faire un atelier (de danse)

- retrouver ses copains
- faire du shopping

aller…

- à la piscine
- au stade
- au cinéma
- au skatepark
- chez ma tante
- à la plage
- à la montagne

- faire la fête
- faire un gâteau
- faire des pizzas
- manger une glace
- organiser un pique-nique

- faire du camping
- faire une balade
- visiter des châteaux / un musée

C'est les vacances !

Tu es où ?

- Je suis **en** (France/Allemagne).
- Je suis **à** (Paris/Berlin).
- Je suis **chez** mes grands-parents.
- Je suis chez moi. On reste à la maison.

Et qu'est-ce que tu fais ?

- Le matin, je fais du VTT.
- L'après-midi, je vais à la plage et je mange des glaces.
- Le soir, je chatte avec mes amis.

Je suis super content/contente.

Il fait quel temps ?

- Il fait beau.
- Il fait (trop) chaud !
- Il fait (24) degrés.
- Il ne fait pas beau.
- Il pleut.
- Il fait (très) froid.
- Il neige.

C'est la cata !

Qu'est-ce que tu vas faire ce week-end ? Raconte !

- Vendredi, je **vais prendre** le train.
- Samedi, mon père et moi, nous **allons faire** une balade.
- À midi, mon père **va visiter** un musée.
- Moi, je **n'**ai **pas** envie.
- Mais j'ai une bonne idée.
- D'abord, je **vais organiser** un pique-nique.
- Ensuite, je **vais retrouver** mon père.
- Après, on **va manger** une glace.
- L'après-midi, on **va faire** beaucoup de photos.
- On **va aller** en Auvergne.
- Le soir, on **va manger** au restaurant.
- Je **vais rester** à l'hôtel.
- Mes parents **vont travailler** dimanche.
- Ce matin, nous **allons aller** à la montagne.

Sympa !

C'est génial !

C'est nul !

Ça va être cool !

Quand ?

- vendredi • le week-end
- d'abord • ensuite • après
- le matin • à midi • l'après-midi • le soir • la nuit
- ce week-end • cette semaine

Quellenverzeichnis

Illustrationen @webalys under the Creative Common Attribution licence: S. 7/6.2, S. 65/Haus, Kopf rot, Hände, Kuchen, S. 66/Hand, Gebäude, S. 68/Hände, S. 69/Hände, Kuchen; Cornelsen/Céline Bailleux: S. 7/6.7, S. 7/7., S. 65/Katze, Hund, Lehrer, S. 66/Junge, Buch, S. 67/o.r., Lebensmittel, S. 68/M., Personen o.l., S. 69/Emoji Euro, S. 70/Musik hören, S. 71/Haus, Koffer, Buch, Picknick; Cornelsen/Hélène Badault: S. 59, S. 60, S. 61, S. 62/m.; Cornelsen/Laëtitia Aynié: S. 3, S. 7/u.r., S. 8/o., S. 15/o., S. 27, S. 54/2.a, S. 65/Fische, Hase, Maus, Noten, S. 67/M., S. 68/Gitarre, S. 69/Controller, S. 70/wandern, Controller, Eis, Sonnenschrim, Telefon, Fahrrad, Museum, Kino, S. 71/Eis, Sonnenschirm, Telefon, Fahrrad, Museum; Cornelsen/Laurent Lalo: S. 8/m., S. 10, S. 11, S. 14, S. 16, S. 17/m.+u., S. 18/o.+m., S. 19/u., S. 21, S. 24, S. 25, S. 26, S. 27, S. 28, S. 29, S. 31, S. 32, S. 33, S. 35/m., S. 37, S. 43, S. 45, S. 46, S. 48/u., S. 51, S. 52/u., S. 53/außer Pin, S. 54/1. + 2.b, S. 56, S. 58, S. 63, S. 64, S. 65/3 Personen, S. 66/Kleeblatt, S. 67/Pizza, Fragezeichen blau, S. 68/Skateboard Bunt, Fragezeichen blau, S. 69/Ballons, Personen Party, Pizza, Radio, Schokolade, S. 70/Stadion, Skateboard Bunt, l. m., r. m., u.l. Computer, u.m. singen, Einkaufswagen, S. 71/Eisstand, Strand, Zug, Wandern, Berg, Mond; Pico Bogue 7 – Cadence infernale © DARGAUD 2014, by Dormal & Roques www.dargaud.com All rights reserved: S. 41; Shutterstock.com/Oxy_gen: S. 70/Masken; VERBKARTEI S. A und B/ankommen: Shutterstock.com/north100; gehen: Shutterstock.com/John Mantell; haben: Shutterstock.com/Digital Bazaar; kaufen: Shutterstock.com/Artco; beginnen: Shutterstock.com/M. KOS; S. C und D/machen: Shutterstock.com/AVIcon; sein: Shutterstock.com/icon0.com; wohnen: @webalys under the Creative Common Attribution licence; Shutterstock.com/Coosh448; S. E und F/essen: Shutterstock.com/VoodooDot; nehmen: Shutterstock.com/Mustafa Arain; spielen: Shutterstock.com/Stock Ninja Studio; sprechen: @webalys under the Creative Common Attribution licence; S. G und H/arbeiten: Shutterstock.com/davooda; aufräumen: Shutterstock.com/yugoro; bleiben: Shutterstock.com/Sergey Cherednichenko; gehen: Shutterstock.com/MAKSIM ANKUDA

Fotos S. 4/Junge: Shutterstock.com/Tuzemka; S. 4/Klebestreifen: Shutterstock.com/MicroOne; S. 5: Shutterstock.com/Sun Shock; S. 6: Shutterstock.com/BearFotos; S. 7/6.1: Shutterstock.com/pking4th; S. 7/6.3: stock.adobe.com/HILTS; S. 7/6.4: Shutterstock.com/ArnaPhoto; S. 7/6.5: stock.adobe.com/grafico2011; S. 7/6.6: Shutterstock.com/Ceyhun; S. 7/6.7: Shutterstock.com/MinskDesign; S. 7/6.8: stock.adobe.com/muhamad; S. 7/o.l.: Shutterstock.com/ViDI Studio; S. 12/m.: Shutterstock.com/Oksana Kuzmina; S. 12/u.: Shutterstock.com/Pavlo S; S. 15/Emoji: Shutterstock.com/PremiumVector; S. 17/Pin: Shutterstock.com/Picsfive; S. 18/Klebestreifen: Shutterstock.com/MicroOne; S. 18/u.: Shutterstock.com/Tyler Olson; S. 19/Klebestreifen: Shutterstock.com/MicroOne; S. 20/Pin: Shutterstock.com/Picsfive; S. 20/u.l.: Shutterstock.com/Lisa F. Young; S. 20/u.m.: Shutterstock.com/Monkey Business Images; S. 20/u.r.: Shutterstock.com/wavebreakmedia; S. 22/Klebestreifen: Shutterstock.com/MicroOne; S. 22/m.: Shutterstock.com/Syda Productions; S. 23: Shutterstock.com/KateStone; S. 26/m.: Shutterstock.com/Monkey Business Images; S. 26/Pin: Shutterstock.com/Picsfive; S. 30/A: Shutterstock.com/Ollinka; S. 30/B: Shutterstock.com/DorotaM; S. 30/C: Shutterstock.com/Kodda; S. 30/D: Shutterstock.com/Damian Lugowski; S. 30/E: Shutterstock.com/AlexeiLogvinovich; S. 30/F: Shutterstock.com/Marian Weyo; S. 34/Baguett: Shutterstock.com/bergamont; S. 34/Bananen: Shutterstock.com/Ian 2010; S. 34/Butter: stock.adobe.com/guy; S. 34/Cola: stock.adobe.com/ronstik; S. 34/Creme fraiche: Shutterstock.com/Viktor1; S. 34/Eier: Shutterstock.com/Nattika; S. 34/Erdbeeren: stock.adobe.com/ALF photo; S. 34/Fisch: stock.adobe.com/Gaetan Soupa; S. 34/Kartoffelchips: Shutterstock.com/Artem Kutsenko; S. 34/Kartoffeln: Shutterstock.com/MisterStock; S. 34/Käse: Shutterstock.com/MisterStock; S. 34/Kekse: Shutterstock.com/aperturesound; S. 34/Mehl: stock.adobe.com/eloleo; S. 34/Milch: Shutterstock.com/Tanya Sid; S. 34/Möhren: stock.adobe.com/margo555; S. 34/Reis: Shutterstock.com/Somchai Som; S. 34/Saft: mauritius images/alamy stock photo/Anton Starikov; S. 34/Schinken: stock.adobe.com/rdnzl; S. 34/Schokolade: stock.adobe.com/Baiba Opule/baibaz; S. 34/Steak: Shutterstock.com/MaraZe; S. 34/Wasser: Shutterstock.com/DenisMArt; S. 34/Zucker: stock.adobe.com/Sergey Yarochkin; S. 35/Klebestreifen: Shutterstock.com/MicroOne; S. 35/o.: Cornelsen/Buzz Productions; S. 36/Klebestreifen: Shutterstock.com/MicroOne; S. 36/o.: Shutterstock.com/Monkey Business Images; S. 38/o.: stock.adobe.com/Studio Laure; S. 38/Pin: Shutterstock.com/Picsfive; S. 39/Klebestreifen: Shutterstock.com/MicroOne; S. 39/o.: stock.adobe.com/Francois; S. 39/Pin: Shutterstock.com/Picsfive; S. 39/u.: stock.adobe.com/Pictures news; S. 40/Emoji: stock.adobe.com/elena_garder; S. 40/Klara: Shutterstock.com/Cookie Studio; S. 42/Klebestreifen: Shutterstock.com/MicroOne; S. 42/u.: Shutterstock.com/Anton27; S. 44/Klebestreifen: Shutterstock.com/MicroOne; S. 44/o.: Shutterstock.com/Kaesler Media; S. 44/u.: Shutterstock.com/Sanmongkhol; S. 47: Shutterstock.com/Alivepix; S. 47: stock.adobe.com/elena_garder; S. 48/Ikons: Shutterstock.com/Imagination lol; S. 48/Klebestreifen: Shutterstock.com/MicroOne; S. 48/m.l.: Shutterstock.com/Rahul D Silva; S. 48/m.r.: Shutterstock.com/Katy E; S. 48/o.: Shutterstock.com/Peter Hermes Furian; S. 49/Lucas: Shutterstock.com/Tracy Whiteside; S. 52/o.: Shutterstock.com/Firelia; S. 53/Pin: Shutterstock.com/Picsfive; S. 57: Shutterstock.com/Lucien Mollard; S. 62/Emoji: Shutterstock.com/Stocker_team; S. 65: Shutterstock.com/AnnGaysorn; S. 65/Benutzer Icon: Shutterstock.com/Shannon Marie Ferguson; S. 65/Flaggen: Shutterstock.com/xiver; S. 65/Pfote: Shutterstock.com/bluebright; S. 65/Wolke: Shutterstock.com/CkyBe; S. 65/Zwilling: Shutterstock.com/Digital Bazaar; S. 66/Blitz: Shutterstock.com/Vectorr Icon; S. 66/Emoji gelb: Shutterstock.com/illusionix; S. 66/Emoji grau: Shutterstock.com/pingebat; S. 66/Flagge FRA: stock.adobe.com/Atlantis; S. 66/Flagge GBR: stock.adobe.com/sirius_star; S. 66/Flagge GER: Shutterstock.com/xiver; S. 66/Kalender: Shutterstock.com/Fourdoty; S. 66/l.M.: Shutterstock.com/hxdbzxy; S. 66/Monster Icon: Shutterstock.com/ksenvitaln; S. 66/o.M.: Shutterstock.com/Kzenon; S. 66/Stern: Shutterstock.com/Maksym Drozd; S. 66/u.l.: Shutterstock.com/hurricanehank; S. 66/u.M. Icons: Shutterstock.com/Skeleton Icon; S. 66/Wolke: Shutterstock.com/CkyBe; S. 67/Besteck: stock.adobe.com/martialred; S. 67/Emoji grau: Shutterstock.com/pingebat; S. 67/Emoji übel: Shutterstock.com/Castleski; S. 67/Emoji Zunge: Shutterstock.com/Elena Pimukova; S. 67/Hände u.l.: Shutterstock.com/Blan-k; S. 67/Hände u.r.: Shutterstock.com/Vitechek; S. 67/lauf Icon: Shutterstock.com/north100; S. 67/o.l.: Shutterstock.com/Melica; S. 67/Personen Icon: Shutterstock.com/VoodooDot; S. 67/Topf: Shutterstock.com/CosmoVector; S. 67/u.l.: Shutterstock.com/Creative Cat Studio; S. 67/u.M.: Shutterstock.com/Radiasi; S. 67/Wolke: Shutterstock.com/CkyBe; S. 68/Birne grau: Shutterstock.com/Irina Adamovich; S. 68/Emoij grau: Shutterstock.com/pingebat; S. 68/Emoji traurig: Shutterstock.com/Warunk Icon; S. 68/Filmklappe: Shutterstock.com/ArnaPhoto; S. 68/Freunde Icon: Shutterstock.com/Puckung; S. 68/Hände o.r.: Shutterstock.com/Vitechek; S. 68/Icon tanzen: Shutterstock.com/illustration one love; S. 68/Leiter: Shutterstock.com/MinskDesign; S. 68/o.M.: Shutterstock.com/DmytroPerov; S. 68/Schild Icon: Shutterstock.com/Makkuro GL; S. 68/Skateboard schwarz: Shutterstock.com/SNicky; S. 68/Telefon: Shutterstock.com/Erik Svoboda; S. 68/u.l.: Shutterstock.com/Ihorintson; S. 68/u.M.: Shutterstock.com/BearFotos; S. 68/u.r.: Shutterstock.com/Africa Studio; S. 68/Wolke: Shutterstock.com/CkyBe; S. 69/Bäume: Shutterstock.com/and4me; S. 69/Birne grau: Shutterstock.com/Irina Adamovich; S. 69/Emoji Party, Emojis Gesichter: Shutterstock.com/illusionix; S. 69/Euro: Shutterstock.com/Artco; S. 69/Fragezeichen Person: Shutterstock.com/Fourdoty; S. 69/Geschenk grau: Shutterstock.com/M-vector; S. 69/Geschenk Schwarz: stock.adobe.com/agrino; S. 69/Icon play: stock.adobe.com/Fand; S. 69/l.M.: Shutterstock.com/Voyagerix; S. 69/o.l.: Shutterstock.com/Cast Of Thousands; S. 69/o.r.: Shutterstock.com/bodnar.photo; S. 69/Schüssel: Shutterstock.com/AVIcon; S. 69/Shirt: Shutterstock.com/nikiteev_konstantin; S. 69/Telefon: Shutterstock.com/Erik Svoboda; S. 69/u.r.: Shutterstock.com/Studio Romantic; S. 69/Wolke: Shutterstock.com/CkyBe; S. 70/Bergsteigen: Shutterstock.com/popicon; S. 70/Filmklappe: stock.adobe.com/Fand; S. 70/Fußball: Shutterstock.com/R Market Stock; S. 70/Gitarre: Shutterstock.com/Jane Kelly; S. 70/Icon tanzen: Shutterstock.com/illustration one love; S. 70/Kleber: Shutterstock.com/Happy Art; S. 70/Kopfhörer: Shutterstock.com/omibomotu; S. 70/Leiter: Shutterstock.com/MinskDesign; S. 70/Mond: stock.adobe.com/andrej; S. 70/Noten: Shutterstock.com/ArnaPhoto; S. 70/o.l.: Shutterstock.com/Drazen Zigic; S. 70/o.M.l.: Shutterstock.com/PeopleImages.com - Yuri A; S. 70/o.M.r.: Shutterstock.com/LightField Studios; S. 70/o.r.: Shutterstock.com/Pressmaster; S. 70/Pinsel, Basketball: Shutterstock.com/Skeleton Icon; S. 70/Roller: stock.adobe.com/Sergei Sizkov; S. 70/Skateboard schwarz: Shutterstock.com/SNicky; S. 70/Tennisball: Shutterstock.com/vladmark; S. 70/u.l.: Shutterstock.com/Phil's Mommy; S. 70/u.M.l.: Shutterstock.com/Nejron Photo; S. 70/u.M.r.: Shutterstock.com/Maxim Blinkov; S. 70/u.r.: Shutterstock.com/oliveromg; S. 70/Wolke: Shutterstock.com/CkyBe; S. 70/Zelt: Shutterstock.com/Azaze11o; S. 71/Birne grau: Shutterstock.com/Irina Adamovich; S. 71/Blitz: Shutterstock.com/Vectorr Icon; S. 71/Emoji grau: Shutterstock.com/pingebat; S. 71/Emojis: Shutterstock.com/illusionix; S. 71/Paris: Shutterstock.com/oneinchpunch; S. 71/Standort Icon: Shutterstock.com/pambudi; S. 71/Thermometer, Wolken, Sonne: Shutterstock.com/Raura7; S. 71/u.r.: Shutterstock.com/NOVODIASTOCK; S. 71/Wetterhahn: Shutterstock.com/Milkovasa; S. 71/Wolke: Shutterstock.com/CkyBe